白バラの騎士と花嫁

Haruka Abe
阿部はるか

Honey Novel

Illustration

KRN

CONTENTS

甘い花の香りがする南の海。そこに突き出た半島の最南端に、フィレーニと呼ばれる国がある。豊かな土壌と穏やかな漁場に恵まれ、人々の暮らしぶりはのんびりとしたものだ。

半島はフィレーニの他にも二国、計三つの国を抱えている。

以前は領土を巡って三国の諍《いさか》いが絶えなかったが、ここ十年ほどは静かなものだ。だが当時の名残《なごり》で、フィレーニ国王は城や城下町、国境を警備するための騎士団を擁している。

近年は儀礼的な意味合いが強くなりつつあるその騎士団に、白バラの騎士と呼ばれる者がいた。

丹念に磨き上げられた白銀の鎧《よろい》を纏《まと》い、白い愛馬にまたがった姿が、険しい山間に凛《りん》と咲く白バラを彷彿《ほうふつ》とさせるのだそうだ。

今日も今日とて輝く鎧に身を包み、朝から城門の側《そば》に立ち続けている白バラの騎士に、その配下にある青年が声をかけた。

「隊長、今日中に到着するかもわからないのですから、中で待たれては……」

「到着しないとも決まっていないだろうが」

即座に言い返した声は鞭《むち》のようにしなって相手に襲いかかる。だが、その声は確かに女性のものだ。

すらりとした長身に鎧を纏った騎士が振り返ると、日の光に透けるような蜂蜜色《はちみついろ》の長い髪が風に乗った。

鋭利な美貌《びぼう》に冷淡な無表情を浮かべた彼女こそ、国中の人々が密《ひそ》かに囁《ささや》く白バラの騎士、アリシアだ。

騎士が人目に触れるのは、他国の要人が訪れる際や国王の生誕祭など、国の公式行事がほとんどだ。人々はアリシアが兜《かぶと》を脱いだ姿を見る機会もなく、当然その中身が女性だとも思っていない。

顔の造形はわからなくとも、アリシアの鎧は誰よりも手入れが行き届き、その所作は並み居る隊長の中でも群を抜いて凛々《りり》しく人目を惹《ひ》いた。

騎士団の歴史をひも解いても、女性が入団するのはアリシア以外に前例がない。

それだけでも異例だというのに、アリシアは小隊を預かる隊長でもある。隊員は十人とごく少数ではあるが、騎士団内でもアリシアの剣術、体術、騎士道精神が認められている証拠だ。

「でも他の部隊は城内で待機していますし、隊長だけこんなところにいなくとも……」

背後ではまだ小隊の隊員が何事かぼやいている。アリシアは白磁のように白い頬《ほお》を動かすことなく、青い瞳《ひとみ》をわずかに眇《すが》めて隊員を見据えた。

「私は好きでここにいるだけだ。お前たちは下がっていていいぞ」

「そういうわけにはいきません。隊長を置いて行動したら、騎士団の規則に反します」

「わかっているじゃないか」

アリシアの凍てつく視線には慣れっこなのか、隊員たちは「鎌《かま》かけないでくださいよ」と言いつつ、誰もその場を去ろうとしない。なんだかんだと言いながら、アリシアを隊長と認めている証左である。

そのとき、アリシアの耳が大地を蹴《け》る馬の蹄《ひづめ》の音を捉《とら》えた。たちまちアリシアは傍らに繋《つな》いでいた白馬に飛び乗り、緩くウェーブのかかった髪をひとまとめにして兜の中に押し込んでしまう。後はもう、隊員たちの反応も待たず音のする方に馬を駆った。

広い草原を駆け抜けると、前方に長い隊列が見えた。アリシアと同じく鎧姿で馬に乗った兵士たちが、城に向かって進んでいる。その列は延々と続き、目を凝らしてもしんがりが見えないほどだ。

整然と並ぶその隊列に駆け寄ると、アリシアは先頭で馬を駆る恰幅《かっぷく》のいい男性の隣に並んだ。

「無事のご帰還何よりです、お父様」

隊員と喋《しゃべ》っていたときとは打って変わって明るい声でアリシアは呼びかける。その男性こそアリシアの父で、騎士団長のマリオだ。

マリオは背後に続く部下たちの手前、少しだけ困ったような、それでいて隠しきれずに嬉《うれ》しそうな顔で、兜の目元を覆うバイザーを上げた。

「アリシア、王の御前だぞ」

「どうせこの距離では見えません」

アリシアは平然と言ってのけ背後を振り返りもしない。実際、長々と続く隊列に目を凝らしたところで、遥《はる》か後方にある王の馬車を視認することはできなかった。

「それより、国境の様子はいかがでしたか？」

「変わりなかった。国境付近の村人たちも、取り立てて異変はないそうだ」

騎士団では定期的に国境周辺の視察を行う。通常は三十名ほどの中隊を組んで出向き、今回のような物々しい行列にはならないのだが、王が同行するとなれば話は別だ。

「今回は王だけでなく王子にも同行していただいたからな。何事もなかったのは何よりだ」

「それは結構なことで」

アリシアの声に冷淡な棘《とげ》が立つ。出発前、王が馬車に複数の寵姫《ちょうき》を招き入れていたことや、王子が美しい娘を引き連れ城門を潜《くぐ》ったことは、アリシアたち騎士団だけでなく民たちですら知るところだ。

好色な王と王子を、国民は呆《あき》れと諦《あきら》めの混じる目で見ている。特に最近の王は女だけでなく酒にも溺《おぼ》れ、人民の心は王家から離れる一方だ。

アリシアも民を守るために剣を振るうことに異論はないが、王家のため、と思うと胸にかすかな暗雲が兆す。

「そうだ、お前に借りていたものを返さなくてはな」

アリシアの仏頂面に気づいたのか、マリオがいささかわざとらしく懐を探り始めた。手甲をつけた手で取り出したのは銀のスプーンだ。出立の前にアリシアが渡したものだった。

この国には、少々変わった言い伝えがある。旅立ちの前、もっとも親しい相手から銀製品を借りると無事に帰ってくることができる、というものだ。

なぜそんな言い伝えが残されたのか不明だが、国の人々は一様にこの言葉を信じていて、遠出をする際には必ず身近な誰かから銀製品を借りる。国王でさえ、若かりし頃隣国へ赴いた際は、先代の王から銀のゴブレットを借りて旅立ったそうだ。

「これのおかげで無事帰ってくることができた。ありがとう」

旅の間、肌身離さずスプーンを持っていてくれたのだろうマリオの優しい眼差《まなざ》しを見返し、ようやくアリシアも表情を緩めた。

やがて隊列は城下町に入り、アリシアも一度列を抜けた。

城の前に整列して王の帰還を待っていた兵士たちに交じり、アリシアたち小隊もマリオたちが城内へ入っていくのを見守る。

ほどなくして、アリシアたちの前を金で飾りつけられた豪奢《ごうしゃ》な馬車が通り過ぎていった。

乗っているのは王と寵姫たちだ。王自ら騎士団を引き連れ国境視察、などと言えば聞こえはいいが、道中馬車の中で何が行われていたのか、わかったものではない。

その後から、今度は若い女性たちの歓声が聞こえてくる。

やってきたのは黒い毛並みの馬にまたがった国王の息子、リチャードだ。

リチャードは馬上で、艶《つや》やかな黒髪を風になびかせ柔和な笑みを浮かべている。その足元に群がるのは派手に着飾った町の娘たちだ。

王族に民が接近するなど本来不敬に当たる行為だが、恐らくリチャード自身が許したのだろう。父と同じくリチャードの女好きも有名だ。

(あれが我が国の王と王子か……)

つくづく頼りにならない、とアリシアは胸の中で毒づく。

半島内の諍いが鎮まってからというもの、王家は堕落していく一方だ。王家を見守る騎士団に所属しているだけに、城内が日々退廃的な雰囲気に包まれていくのがわかってアリシアは憂鬱《ゆううつ》な気分になる。酒浸りの王だけでなく、その周囲で甘い汁を吸おうとする臣下たちがそれに拍車をかけていた。

腐敗した王家の腐臭は、どれだけ蓋《ふた》をしても確実に民にも届く。

腐ってもそれぐらいのことはわかるのか、臣下たちはなおざりに王家の形を繕おうとしている。今回の国境遠征も、王家から離れつつある人民の心を取り戻すためのアピールと見て間違いないだろう。

国王と王子が城内に入ってしまうと、アリシアは背後に控えていた隊員に短く声をかけた。

「訓練場に行くぞ。少しつき合え」

「ええ？　今からですか？」

「体を動かしたい気分なんだ」

あんな馬鹿親子のためにマリオは命がけで国境へ向かったのだと思うと、ムシャクシャして真《ま》っ直《す》ぐ家に帰る気にはなれなかった。

兵士が剣術や弓術の鍛錬を行う訓練場は、町外れにひっそりとある。

訓練場に到着するなり、アリシアは自身が任される小隊の隊員と片っ端から手合わせをした。

アリシアが女だてらに小隊を任されているのは、騎士団長である父マリオの七光りのおかげばかりではない。騎士団に女性が入隊するという前例のない事態を認めさせるには確かにマリオの力添えが必要だったが、男所帯の騎士団で小隊長になり得たのは、元来アリシアが持っていた格闘センスの高さと、血のにじむような努力のたまものだ。

騎士団の中には未《いま》だに女性のアリシアを快く思っていない輩《やから》もいるが、少なくともアリシアの部下たちはその強さを認めている。

「お前たち、女の私にいいようにやられて悔しくないのか」

手合わせを終え、アリシアが結い上げた髪をほどきながら呟《つぶや》くと、地面に伏していた部下たちが一斉《いっせい》に声を張った。

「よく言いますよ！　隊長が一番自分のこと女性扱いしてないくせに」

「女のくせに、とか言われたらその相手のこと殴り倒すじゃないですか」

「まあそうだな」

「だから鎌かけるのやめてくださいって！」

「なんだ、まだまだ元気だな。もう一戦いくか？」

髪を結い直そうとするアリシアに、隊員たちが勘弁してくださいと首を振る。

本気でへたり込んでしまった隊員を無駄に苛《いじ》めるのも気が引けて再び髪を下ろすと、ふいに背後から拍手の音が響いた。

アリシアを含めた小隊の隊員たちは音に反応して振り返り、一様に目を丸くした。そこにいたのが、この国の第一王位継承者、リチャード王子だったからだ。

広大な空き地を踏み固めたような、土埃《つちぼこり》の舞う訓練場に王族がやってくることなど滅多にない。アリシアの足元でへたばっていた隊員たちは突然の出来事に動揺し、半ば前につんのめるようにしてその場に膝《ひざ》をついた。アリシアも驚愕《きょうがく》の表情を隠して膝を折る。

「楽にしてくれていいよ。ちょっと訓練を覗《のぞ》いていただけだから」

訓練場を囲う木々の陰にでも潜《ひそ》んでいたのか。煙のように音もなくアリシアたちの背後に立ったリチャードは気楽に笑って拍手をやめた。その背後に護衛の姿はなく、たったひとりでこんな町外れの訓練場までやってきたらしい。

王族にあるまじき行為だが、リチャードが護衛もつけず城の外をうろうろしているのは有名だ。女の家に忍び込んでいるのでは、と年頃の娘を持つ親は気が気でないようだが、中には王子の来訪を待ち望む町娘も多いと聞く。

（この見てくれでは無理もないか……）

膝をつく直前にちらりと見たリチャードの顔を思い出し、アリシアはそろりと溜息《ためいき》をついた。

町娘たちが色めき立つのも無理はない。リチャードは非常に整った容貌の持ち主だ。筋の通った高い鼻に、淡い笑みを含んだバラ色の唇。くっきりとした二重の瞳は髪と同じ漆黒で、見詰められると骨まで痺《しび》れちゃいそう、などと夢見心地で呟く娘は多い。

物腰は優雅で、軽やかで抑揚豊かな口調は歌でも歌っているかのようだ。

年端もいかない娘の心を摑《つか》んで離さないはずだ。この王子を称して、南海の黒真珠と呼ぶ者もいる。

（白バラの騎士だの南海の黒真珠だの……趣味が悪い）

胸の中でこの国の人々のネーミングセンスの乏しさを嘆息していると、目の端にリチャードの靴の先が映った。

「君がアリシアかい？　よかったら、顔を上げてもらえないか」

頭上からリチャードの穏やかな声が降ってくる。相手に否定する余地を残しているような言い草だが、相手はこの国の王子だ。逆らえるはずもなくアリシアは面を上げた。

胴当てに守られた肩から、蜂蜜色に輝く髪が一房落ちる。柔らかくうねる髪に縁取られたアリシアの顔を見下ろし、リチャードは軽く目を見開いた。

「……騎士団に女性がいるとは噂《うわさ》で聞いていたけれど、これは予想以上だ」

褒め言葉にも、アリシアは眉《まゆ》ひとつ動かさない。騎士を志してからというもの、容姿を褒められることに胸は躍らなくなった。どうせ兜で隠れてしまうものだ。それならば、太刀筋《たちすじ》の鋭さなどを褒められた方がずっと心が浮き立つ。

兜を脱いでなお鉄仮面をかぶったように表情を変えないアリシアを見下ろし、リチャードは朗らかに笑った。

「本当に、騎士にしておくのはもったいないくらいの美人だね」

アリシアの背後で、隊員たちがヒッと鋭く息を呑《の》んだ。

女性に対する偏見を踏み倒して騎士団に入隊したアリシアは、女性扱いされることを極端に嫌う。美人という言葉は本来褒め言葉であるはずだが、アリシアにとっては神経を逆撫《さかな》でするものでしかない。それを承知している隊員たちは、息を殺してアリシアの反応を窺《うかが》う。

とはいえアリシアとて、王子相手に食ってかかるほど浅はかではない。余計なお世話だ、

という言葉は呑み込み、軽く頭を下げるにとどめた。

一方のリチャードはアリシアの不機嫌さも、その背後に控える隊員たちの動揺も察した様子はなく、唇に笑みを湛《たた》えたまま優雅に小首を傾《かし》げた。

「実はね、今日は君たちにひとつお願いをしようと思って来たんだ」

頭《こうべ》を垂れて目を伏せていたアリシアは瞼《まぶた》を上げる。

なんとなく、ろくでもないことを言われる気がした。王子がたったひとり、護衛もつけずこんな場所までやってきて直々《じきじき》に「お願い」とは、嫌な予感しかない。

そして残念なことに、アリシアの予想は的中する。

「近々ラクシュマナフに向かおうと思うんだけれど、その護衛に君たちの隊を指名したい」

さらりと告げられた言葉は、軽やかな響きに反してなかなかに重要な内容だ。下手をすれば国家機密にもなり得るそれにアリシアはすぐ反応できず、顔を伏せたまま視線だけ揺らした。

ラクシュマナフは半島の北に広がる大帝国だ。温暖なフィレーニとは違い一年を冬に閉じ込められたような土地で、冷たい大地の下に豊富な地下資源を抱え込んでいる。

前皇帝の時代までは六つの国に分かれていたが、現皇帝が魔王のごとき勢いで近隣諸国を制覇して現在の帝国が建国されたと聞く。

いっときはラクシュマナフの南に位置する半島も侵略されるのでは、と人々の恐怖を煽《あお》ったものだが、ここ十数年ラクシュマナフの皇帝が遠征に出たという話はない。

だからといって半島の国々にラクシュマナフが攻め込まないと決まったわけではなく、友好な関係を築いているとも言い難いのが現状だ。

リチャードの真意がわからず、アリシアはリチャードの足元を見詰めて口を開いた。

「恐れながら……一体どのような理由で、ラクシュマナフへ？」

国家間で何か大きな問題でも起こりつつあるのか。緊張した面持ちで尋ねたアリシアだったが、返ってきたのは実にのんびりとした言葉だった。

「お嫁さんをもらいに行こうと思ってるんだ」

笑いを含んだ声は伸び伸びとして、なるほど耳に心地いい。だがその内容がどうにも理解し難く、アリシアは無礼を承知でまじまじとリチャードの顔を見上げてしまった。

「ラクシュマナフに、嫁？」

「そう。北の帝国のお姫様は絶世の美女だって噂、知らない？」

彫刻のように整った顔に完璧《かんぺき》な笑みを乗せ、リチャードは救い難く頭の軽そうな発言をした。否、実際この王子の頭の中には空気より軽いガスでも詰まっているに違いない。

ラクシュマナフの姫君は、御年《おんとし》十七か八程度だったはずだ。近隣諸国はもちろん、自国の民の目に触れることすら滅多にないという深窓の令嬢である。

人目につかないということはその美醜も判断がつかないはずだが、人の噂には尾ひれがつきやすい。いつしか帝国の姫君は絶世の美女、という噂が広まったが、それをこんなにも純粋に信じる者がいようとは。

（しかもそれが、我が国の王子とは……）

沈痛な面持ちで黙り込むアリシアに向かって、リチャードはなおも続ける。

「そういうわけでラクシュマナフのお姫様に求婚しに行こうと思ってるんだけど、その護衛を君たちにお願いしようかと」

「ご冗談を。王子の護衛を務めるとなれば中隊以上が適任でしょう」

リチャードの言葉尻を奪い、アリシアはきっぱりと申し出を退けてしまう。

どうせ馬鹿王子が思いつきで口にしているに違いない。正論を振りかざせばこれ以上食い下がってくることもないと踏んだアリシアだったが、リチャードはゆったりと腕を組んで笑みを深くした。

「ラクシュマナフに行くためには、セルヴィとウルカウニの二国を通過しなければいけないだろう？　どちらの国とも敵対関係こそないけれど、他国の王族が堂々と国内を通過するとなれば不測の事態が起こらないとも限らない。だとしたら、一見して王族とわかるようなものものしい警護はむしろ危険だ。どこかの貴族が旅をしているふうに見せるなら、小隊くらいがちょうどいい」

立て板に水を流すように淀《よど》みなくリチャードが語ったのは、意外にもまっとうな正論だ。

しかもアリシアが先に口にしたそれより正当性が高く思える。

顔も知らない姫君に求婚しようという発言との落差が激しく、アリシアはすぐに頭を切り替えることができない。

「……そうだとしても、我々の隊が任命される理由がわかりません。我が隊は編成されて日も浅く、私自身まだ剣の研鑽《けんさん》に励まなければならない身で」

「ご謙遜《けんそん》を。女性でありながら隊長に任命された時点で、騎士として君がどれだけ優秀かは想像に難《かた》くない。隊員も君が選んだだけあって精鋭揃《ぞろ》いだ。さっきまで訓練の風景を見ていたんだから、それくらいわかるよ」

アリシアの言葉をやんわりと遮り、リチャードはその後ろに控える隊員たちに視線を向ける。

背後の隊員たちが、戸惑いながらも誇らしげな表情をしているのが空気越しに伝わってくる。こうなると、アリシアはリチャードの言葉を無下に否定することができなくなってしまう。

(何を考えている、この馬鹿王子……)

リチャードがどこまで本気でものを言っているのかわからず反論もできずにいると、唐突にリチャードが片手を上げた。

「ところで、これは君のもの？」

リチャードのすらりと長い指に、銀の鎖が絡まっている。その先にぶら下がるロザリオを見て、アリシアはとっさに自分の胸元に手を押し当てた。いつもなら鎧の下に感じる硬い感触が、ない。

リチャードがこの場に突然現れたときでさえほとんど表情を変えなかったアリシアの頬が一瞬で青褪《あおざ》める。

鉄壁の無表情があっさりと崩れたことに少しだけ意外そうな顔をして、リチャードはアリシアの前で腰を屈《かが》めた。

「さっき手合わせをしていたときに落としたようだったから拾っておいたんだけど……もしかして大事なものだった？」

目の前にそっと差し出されたロザリオは、長短の棒が交わる一般的なロザリオのデザインとは異なり、縦と横の棒の長さが同じで、先端がギザギザと尖《とが》っている。中央に薄青い宝石が嵌《は》め込まれたそれは、アリシアが物心ついた頃から肌身離さず身につけているものだ。

ロザリオを受け取ったアリシアは何も言わず、ただ深々と頭を下げる。事実大切なものではあったが、その理由はあまりに個人的で、この場で語る気にはなれない。

リチャードは何か言いたげな顔をしたものの深く追求することはなく、軽い挨拶《あいさつ》だけ残して現れたときと同じようにするりとその場から姿を消してしまった。

リチャードが去った後、隊員たちは突然の王子の登場に驚きと興奮を示すことに忙しく、アリシアもロザリオが手元に戻ってきたことに安堵《あんど》するばかりで、リチャードが何をしにこの場を訪れたのか誰ひとりとして深く考える者はいなかった。

リチャードが冗談でもなんでもなくラクシュマナフの姫君に結婚を申し込みに行くことも、その護衛としてアリシアたちの隊を任命することも、彼らが現実として受け止めるのはもう少し後のことだ。


頭上に晴天の空が広がっている。

遠くで聞こえる海鳴りとウミネコの声は、フィレーニに住む者なら幼い頃から慣れ親しんだものだ。半島の先端に位置する国は、それだけ海と接する部分が多い。

青い空に、穏やかな波の音。

うたた寝するにはもってこいののどかな情景とは対照的に、アリシアは仏頂面で愛馬にまたがっていた。

全身を白銀に輝く鎧で固め、前後には小隊の隊員たちを引き連れて進む姿は、凛として美しい白バラの騎士の名にふさわしい。

アリシアたち小隊に周囲を守られ進むのは二頭立ての四輪馬車だ。しっかりとしたつくりではあるが、無駄な装飾は施されていない。

馬車には窓がついており、中が見えないようにカーテンが引かれている。そのカーテンがふいに開かれ、中から窓が全開にされた。そこから顔を出したのは、ケープを羽織ったリチャードだ。

「アリシア、そろそろ機嫌は直った？」

ごく親しい者に対するように気楽に話しかけてくるリチャードに、アリシアは兜の下から横目を向けた。

「無闇《むやみ》に顔を出さないでください。敵の弓に頭を打ち抜かれます」

「まだ自分の国から出てもいないのに、怖い言い草だなぁ」

窓に片腕を乗せたリチャードがゆったりと笑う。一国の王子とは思えないほど危機感の薄い笑顔に、アリシアの眉間《みけん》に寄った皺《しわ》はまた一段と深くなる。

このたびアリシアは、顔も知らない帝国姫君に求婚するというリチャードの無謀な旅の護衛を仰せつかった。その理由は、数日前にリチャードがアリシア本人に述べた内容と概《おおむ》ね変わらない。

許されるなら全力で辞退したい話だったが、何しろ王子直々の命令である。父マリオの騎士団長としての立場を考えれば簡単に断るわけにもいかない。

王子の申し出を断り、普段からアリシアが騎士団にいることを快く思っていない手合いから「女は仕事に私情を持ち込むから使えない」、などと陰口を叩《たた》かれるのも業腹だった。

一方で、リチャードが騎士団唯一の女性であるアリシアを護衛に任命したと知るや「女好きな王子がやりそうなことだ」と嘲笑《ちょうしょう》交じりに囁かれたのもアリシアは気に入らない。それではまるで、自分が夜伽《よとぎ》の相手としてリチャードについていくようではないか。

城を出てからというもの、アリシアが終始不機嫌な顔を崩さないのも当然と言えた。最後まで親身になってアリシアを案じてくれたのはマリオだけだ。

行程は二国をまたぐほどの長距離だ。戦はないとはいえ、どこで賊に遭遇するかもわからない。

その上同行する王子の好色ぶりは有名だ。騎士団長である前にひとり娘の父であるマリオは、娘が王子の毒牙にかかってしまうのではないかと胸を痛め、旅立ちの前日、アリシアが無事帰ってくることを祈って真新しい銀のスプーンを渡してくれた。

何やら無用な心配までされている、と心苦しくは思ったが、自分のことを心底案じてくれているマリオの心情もわかる。

ありがたく受け取ったスプーンは、今もアリシアの懐深くにしまってある。

（……せめて王子がもう少しまともな人物なら、お父様の心労も減ったろうに）

暗雲垂れ込めるアリシアの内心とは裏腹に、頭上の空は透き通って青い。八つ当たり気味に空を睨《にら》み、アリシアは傍らの馬車に視線を戻す。

先日国王が国境視察の際乗っていた、車輪にまで金箔《きんぱく》を貼《は》ったような豪華絢爛《けんらん》な馬車に比べれば、リチャードの乗る馬車は飾りも少なく地味なものだ。護衛の数を考えても、傍目《はため》にはとても一国の王子が移動しているようには見えないだろう。

城から離れ、民家もまばらな平地を馬車はゆっくりと進む。フィレーニの国に大きな山はほとんどなく、土地の起伏も乏しい。オリーブの木が延々と続く風景はどこまで行っても代わり映えがしない。

(それにしても、本当にラクシュマナフの姫君に求婚に行くとは……)

馬鹿王子の戯言《たわごと》が実現してしまったのも驚きだが、それを国王や臣下たちが許してしまったのも問題だ。これをきっかけに帝国と戦争でも勃発したらどうするつもりか。

(揃いも揃って……)

国の行く末を案じてアリシアが兜の陰で顔を顰《しか》めていると、またしてもリチャードが馬車の窓から身を乗り出してきた。

「アリシア、ちょっといいかな」

「窓から顔を出さぬよう申し上げたはずですが」

「せめて国境を越えるまではいいじゃないか」

太平楽に笑うリチャードを乗せた馬車は、午後の日差しを受けガタゴトとのんきに揺れている。

このペースで進めば、隣国との国境に到着するまでに丸一日はかかるだろう。一日中リチャードの雑談につき合うのはまっぴらだが、王子の言葉をすべて黙殺するのも不可能だ。仕方なく、なんでしょう、とアリシアはリチャードに水を向けた。

アリシアが話に乗ってくれるとは思っていなかったのか、リチャードは目に見えて表情を明るくすると窓の縁に腕を置いて居住まいを正した。

「少しだけ君の話が聞きたいんだ。君は女の子なのに、どうして騎士になろうと思ったんだい？」

「……ずいぶん個人的な話ですが」

「だから聞きたい。自分の命を預ける相手のことだ」

目の端で、リチャードの表情がわずかに引き締まった気がした。

おや、と思って目を向ける。だが、きちんと視界に収めたそのときには、リチャードはもう普段の優雅なばかりの笑顔に戻ってしまっている。

見間違いだったのだろうかとも思ったが、リチャードの言葉には幾ばくかの真実も含まれている。隠し立てするようなことでもなく、アリシアはまっすぐに前を見据えて口を開いた。

「騎士団長である私の父は、血の繋がった本当の父ではありません」

こちらを見上げるリチャードが目を丸くするのがわかった。それに反応することなく、アリシアは淡々と続けた。

「幼い頃、私は母と馬車に乗っていたところを賊に襲われました。賊は従者に襲いかかり、馬車に火をつけ、母はその際亡くなったと聞いています」

「聞いているって……君はその場にいなかったの？」

「いましたが、覚えていません。十年以上前の出来事で、私は四歳になったかならないかという年頃だったので」

思い出そうとしたことならある。けれど上手くいったためしはない。

思い出そうとすると目の前に幻の火の手が迫り、襲いくる熱気が喉《のど》を焼く。呼吸もままならなくなって目の前が暗くなり、記憶の欠片《かけら》はまた火の手の向こうへ消えていく。

だからアリシアは、当時馬車に同乗していた母の顔すら思い出すことができない。それ以前の記憶も曖昧《あいまい》で、他の家族がどこで何をしているのか、そもそも存在していたのかどうかすら謎《なぞ》だ。

うっすらと覚えているのは迫る炎の熱さと、無遠慮に伸ばされる卑《いや》しい男たちの手。

怯《おび》えて声も出ないアリシアをそれらすべてから救ってくれた人物こそ、国境付近の警備に当たっていたマリオだ。

「私の記憶は、全身を鎧に包んで火の中に飛び込んできてくれた父の姿から始まっています。その姿に憧《あこが》れて、私も騎士を目指したのです」

アリシアの言葉が途切れると、空の高いところで鳥が鳴いた。

自身の過去にまつわる話を、アリシアはあまり口にしたことがない。隠すつもりもないのだが、話す相手も機会もなかった。武勇伝を好む騎士や、艶《つや》やかな恋物語を楽しむ貴族たちの興味を惹く内容とは思えない。

いかにも華やかな物語を好みそうなリチャードにも、きっとつまらない話だっただろう。

会話を打ち切ろうとしたアリシアは、馬車の中のリチャードを見下ろし軽く目を瞠《みは》った。

口元に手を添えたリチャードは、思いがけず深刻な顔をしていた。

これまでリチャードはほとんど笑みを絶やさなかっただけにその表情はひどく異質で、すぐには声をかけることさえためらわれた。

だがリチャードはアリシアの視線に気づくや、思い詰めた表情を淡雪のように溶かして弱い笑みにすり替える。

「賊に襲われる以前のことは、少しも覚えていないの？」

「……そうですね。何も」

「そうか……。辛《つら》いことを聞いてしまって、申し訳ない」

窓の向こうで、リチャードが真摯《しんし》に頭を下げる。

仮にもこの国の王子が一兵卒に頭《こうべ》を垂れた事実にアリシアは驚き、とっさに言葉を返すことができなかった。

（思ったほど……馬鹿王子でもないのかもしれないな……）

次期国王として民の不幸に胸を痛めることができるのなら、自分が危惧《きぐ》したほどリチャードは軽率でも浅薄でもないのかもしれない。

半分はそうであって欲しいという願いを込め、アリシアは馬車から半歩後ろにずれることで静かに会話を打ち切った。

城を出るときはまだ高かった日がすっかり落ちる頃、一行は国境付近の宿に到着した。余計な混乱を避けるため、リチャードが北の帝国へ向かうことは国民たちに発表されていない。宿の主人も、顔を隠しがちなリチャードを旅の貴族とでも思っているようで、大仰な歓迎はなく最低限の礼節をもって迎えてくれた。

宿の部屋は、リチャードが一室、アリシアたち騎士団には三室が用意されていた。三部屋のうち一室は、アリシア専用の個室だ。

アリシアは他の隊員と同室でも構わなかったのだが、マリオが先に手を回していたらしい。女性扱いは毛嫌いするアリシアだが、ひとり娘を案ずる父の気持ちを汲《く》んで、今回はおとなしく個室で休むことになった。

夜はアリシアたちが交代でリチャードの部屋を警護する。いわゆる寝ずの番だ。

ラクシュマナフに到着するまで、そんな夜が一週間近く続く。自分の見張り当番が回ってくるまで少しでも体を休めておかなければ身が持たない。アリシアは部屋に入るなり早速兜を脱いだ。

兜の中でまとめていた髪をほどくと、蜂蜜色の長い髪が緩やかに胴当てを滑り落ちた。アリシアは手際よく小手と手甲を外し、脛当《すねあ》てをほどき、胸と背中を守る胴当てを外していく。鎧の下は襟の高い厚手のシャツとタイツという格好だ。

総重量二十キロ近い防具を取り去り一息ついたところで、部屋の扉がノックされた。

「アリシア、ちょっといいかな」

声はリチャードのもので、どうぞ、とアリシアは短く応《こた》える。扉を開けたリチャードは、鎧を脱いだアリシアを見て驚いたように一歩後ろに引いた。

「着替え中だったのなら言ってくれれば……」

「構いません。見られて困るようなものでもありませんから」

厚手のシャツとタイツはぴったりと全身を覆い、素肌の露出する場所などほとんどない。その分体のラインがしっかりと出てしまうが、アリシアは胸にさらしを巻いているため凹凸《おうとつ》はほとんど目立たないはずだ。

恥ずかしげもなくその場に立つアリシアに逆に圧倒されたような顔をして、リチャードは後ろ手でドアを閉めた。

「明日のことで少し相談をと思っていたのだけれど……ずいぶん勇ましい格好だね」

「兵士の鎧の下は皆こんなものです」

短く言い捨て、アリシアは胸の前で腕を組む。そうしながら、シャツの下に隠されたロザリオを無自覚に指で辿《たど》った。

動揺したときロザリオを触るのは、アリシア自身自覚していない癖のひとつだ。口では強気なことを言ってみても、鎧を解いた状態で男性と二人きりになるのはやはり少しだけ緊張する。しかも相手は次期国王だ。

冷徹な無表情の下に隠されたアリシアの動揺を知ってか知らずか、リチャードは指先で頬を掻《か》き、弱り顔で笑った。

「そうは言っても、君は女の子だから」

「女扱いは結構です。国と民を守る騎士に性別など必要ありません」

リチャードの言葉が終わるのを待たずアリシアは鋭く言い放つ。女性扱いに過剰反応してしまうのはいつものことだ。相手は王子だと頭ではわかっていたが、勢い言葉を遮ってしまった。

しかしリチャードは怯《ひる》まない。それどころか、「女の子だよ」と重ねて言ってアリシアを宥《なだ》めるように笑った。

「君も少しは意識した方がいい。そんなに綺麗《きれい》な顔をしているのに、無防備に男の前で鎧を脱いだら危ないよ」

「鎧を脱ぐたびに人目を避けていたら騎士団にはいられません。女扱いはやめてください」

「完全に男として扱えと？　だったら君も、着替えを続けたらどうだい」

リチャードは試すような顔で片方の眉を上げる。男なら人前でシャツを脱いで胸を晒《さら》すことにも抵抗はないはずだと言いたいのだろう。

自然、アリシアは鉄でも嚙《か》まされた顔になる。シャツの下はさらしを巻いているので直接胸を見せることにはならないが、男性に素肌を見せることにはさすがに抵抗があった。しかしそれを言ってしまえば、女扱いするなと言った自身の言葉と矛盾する。

アリシアはしばし沈黙してから、シャツの襟ボタンに指をかけた。ボタンをひとつ外すと喉元から鎖骨が露《あら》わになり、もうひとつ外すと胸にかけていたロザリオがシャツの下から現れ、さらに外すとさらしを巻いた胸が空気に触れた。

リチャードは壁に寄りかかって何も言わない。確かめるのも面倒なのでそちらを見るつもりはないが、きっと面白がるような顔をしているのだろう。みぞおちの辺りのボタンに手をかけたアリシアは、口の中で舌打ちを押し潰《つぶ》した。

さらしを巻いた胸を見られるのは別段構わない。それよりもアリシアが気になるのは、背中の痣《あざ》だ。

アリシアの背中には痣がある。肩胛骨《けんこうこつ》の下辺りにあるらしいそれは、全身を映す大きな鏡でもない限り見ることは難しい。アリシア自身目にしたことはないが、大人の拳《こぶし》ほどの大きさがあるそうだ。よほど痛々しいものなのか、随分昔アリシアの痣を見たマリオは眉根を寄せてそっと背中から目を逸《そ》らした。

あの表情が、未だにアリシアは忘れられない。それほどに醜いものだったのか、自分では確かめる術《すべ》がないだけに醜悪な想像ばかりが膨らんでしまう。

(たかが痣にこだわるなんて、それこそ女々しい話だ)

強いて己に言い聞かせ、アリシアはボタンにかけた指に力を込める。

指先が震えているような気がしたが無視した。大したことではない。爪の先が白くなるほど指先に力がこもるのも、決して緊張しているからではない。そのはずだ。

ボタン穴にボタンを潜らせたその瞬間、後ろからそっとリチャードの手が伸びてきてそれを止めた。

「ごめん、少し意地悪を言ってしまった」

耳の側でリチャードの声がして、アリシアの肩先が跳ね上がった。アリシアが逡巡《しゅんじゅん》している隙《すき》を縫い、いつの間にか背後に立っていたらしい。

アリシアを後ろから抱きしめるような格好で、リチャードはボタンにかかったアリシアの手を掌《てのひら》で包み込む。

対するアリシアはとっさに身動きをすることもできない。突然後ろから抱きしめられた驚きもさることながら、騎士としていとも簡単に背後を取られた事実にショックを受けた。しかも相手は剣を振ったことがあるのかどうかも怪しい優男だ。

二つの衝撃が重なって硬直するアリシアの耳元で、リチャードは低く囁く。

「でも本当に気をつけた方がいい。そんなにも無防備な姿を見せられると、君にその気はなくとも俺の方が平静でいられなくなる」

耳元にリチャードの吐息がかかる。こうしてみると、思いの外リチャードは背が高い。遠目で見たときはもっと細身でひょろりとした印象だったのだが、背中で感じる胸は予想外に広く、がっしりとしていた。

様々なことに気を取られて適切な反応ができずにいると、アリシアの手の甲をリチャードがそっと撫でてきた。リチャードの指はすんなりと長く、比べてみるまでもなくアリシアの手よりずっと大きかった。

こんな場面で男女の差を見せつけられた気がして、アリシアはリチャードに触れられた手の指を強く握り込んで拳を作る。

「ご冗談は程々にして、ご用件をどうぞ」

「冗談を言っているつもりはないよ。君は本当に綺麗だ」

慣れた言い回しにアリシアは顔をしかめる。好色で有名なリチャードのことだ。一体何人の女に同じセリフを囁いたかわかったものではない。

いい加減リチャードの手を振り払おうとしたら、もう一方の腕で後ろから腰を抱き寄せられた。

「こんなに細い腰で、よく重い鎧を着ているね」

「……っ、離してください！」

「ああ、でも、よく鍛えられてる」

感心したように呟いて、リチャードは前より強くアリシアの腰を抱き寄せる。自然と互いの体が密着して、アリシアは息を詰めた。

訓練で隊員たちと組み合うことはざらにある。だがそれはたいてい痛みを伴う上に、身体接触も長くは続かない。こんなふうに相手の体温をじっくりと感じる状況は初めてで、どうしていいかわからなかった。

リチャードは硬直するアリシアの肩に顎《あご》を乗せると、声のトーンを一段落とした。

「髪も綺麗だ。兜の下に隠してしまうのはもったいない」

「そ……そんなもの、邪魔なだけです……っ」

「だったらどうして切らないの？」

「父が……せめて髪くらいは……短くしてしまうのは忍びないと……」

耳朶《みみたぶ》にリチャードの吐息がかかって落ち着かず、アリシアの言葉はいつになく歯切れが悪い。

後ろからアリシアを抱きしめるリチャードの腕は一向に緩まず、何度も突き飛ばそうと思うのだが、相手は王子だと思うと行動に移ることができない。迷いを吹っ切れずにいると、唐突にリチャードがアリシアの首筋に唇を押し当ててきた。

「……！　な、何をするのです！」

すんでのところで悲鳴こそ呑み込んだものの、無様にも声が裏返ってしまった。首をねじって振り返れば、リチャードが悪戯《いたずら》っぽい目で笑ってアリシアのシャツの襟に噛みついている。そのまま襟を後ろに引かれ、シャツがずれて鎖骨から肩が露わになった。さすがに迷いも吹き飛んでリチャードの腕を払いのけようとすると、さらにシャツが後ろに引っ張られる。

背中に夜気が忍び込み、痣のことがちらりと頭を掠めた。まだそんなことを気にしている自分自身を忌々しく思い、アリシアは声に力を込めた。

「……っ、いい加減に……！」

これ以上はつき合いきれないと強引に体ごと振り返ると、目の前にチャードの顔が迫った。黒真珠のような艶やかな光沢を放つ瞳がアリシアを見ている。そこにいたずらを仕掛ける子供のような陽気さはない。

ぎくりとして背中が強張《こわば》った。

怖いくらい真剣な瞳は、獲物に狙《ねら》いを定める弓使いの目を彷彿とさせる。

鋭い眼光を目の当たりにした瞬間、アリシアの記憶が過去に向かって逆流した。瞼の裏で、全身を呑み込むほどの火の手が上がる。

遠い昔、失われたはずの記憶が前触れもなく蘇《よみがえ》った。母親と馬車に乗っていたときの記憶だ。燃えさかる馬車と、その向こうから迫る太い腕、血走った目。

アリシアの頬に、わずかだが緊張の波が走った。体が勝手に逃げを打つ。その表情に気づいたのか、逃げかけたアリシアの体をリチャードが強い力で抱き寄せた。

まだ記憶の波は去らない。普段ならもっと冷静に対処できるはずなのに、喉の奥から言葉にもならない声が迫《せ》り上がってくる。

恐らくそれは、唇から溢《あふ》れさせたところで小さな呻《うめ》き程度にしかならなかったはずだ。だがなぜか、リチャードはとっさにそれをふさごうとしたらしい。

睫《まつげ》の先が触れるほど近くに、リチャードの顔が迫った。

「……っ！」

次の瞬間柔らかいもので唇をふさがれ、アリシアは鋭く息を呑む。

キスをされているのだと自覚しても、すぐにはリチャードの体を押しのけることさえできなかった。驚愕に全身を貫かれ膝を折りかけたアリシアの腰を、すぐさまリチャードが抱き寄せる。

リチャードの腕は、驚くほど丁重にアリシアを自身の方に引き寄せる。ダンスの最中に相手をリードするような優雅さと気遣いが感じられた。

それまで武術の訓練でしか男性の腕力を実感することがなかったアリシアは、力強いのに優しいリチャードの腕に当惑する。男性に異性として扱われる、という経験がアリシアには圧倒的に不足していた。

キスの最中もリチャードの腕の中で微動だにできずにいると、重なるだけだった唇がより深くアリシアの唇に絡んできた。

唇の間をいたずらにリチャードの舌先がくすぐる。その動きの意図を察して唇を開きかけたアリシアは、そんな自分の反応を自覚するなり猛烈な羞恥《しゅうち》と自己嫌悪に襲われた。

(――どうして私がこの男の言いなりにならないといけない！)

胸の内で叫ぶなり、アリシアは渾身《こんしん》の力を込めてリチャードの脛を蹴り上げた。

予想外の攻撃だったのか、アリシアを抱く腕を解いたリチャードがその場にうずくまる。

アリシアはすぐさま部屋の隅へ飛びすさると、あらん限りの声で叫んだ。

「なんのつもりだ、この馬鹿王子！」

次期国王に対する遠慮も配慮もこのときばかりは消し飛んで、アリシアは今日一日胸にわだかまっていた暴言を口にしてしまう。「馬鹿王子」と何度も唇に乗せかけて、苦い気持ちとともに呑み込んできた苦労が水の泡だ。

片手で脛を押さえつつ顔を上げたリチャードは、怒るどころか唇に苦笑のようなものを浮かべてアリシアを見上げる。が、アリシアの顔を見るなりその表情が急変して、ぽかんと口を半開きにした。

アリシアは眉を吊《つ》り上げ、憤怒の表情でリチャードを睨みつけている。だがその目元に薄くにじんでいるのは、間違いなく涙だ。アリシアもすぐさまそれに気づき、シャツの袖口《そでぐち》で乱暴に目元を拭《ぬぐ》う。

アリシア自身、思いもかけない反応だった。

騎士団に入ってからというもの、どんな厳しい訓練にも音を上げたことなどなかったというのに。たかがキスで狼狽《ろうばい》してしまった自分が腹立たしくアリシアは奥歯を噛み締める。

そんなアリシアを見て、リチャードは脛をさすりながら呟いた。

「ごめん、その……やっぱり、女の子なんだね……」

「勘違いしないでいただきたい！　この涙は騎士の誇りを傷つけられたためです！」

とっさに怒鳴り返したはいいものの、鼻にかかった声では迫力も半減だ。

リチャードは降参のしるしか両手を上げ、何か言いたげに口を開いたが、アリシアがそれを許さなかった。壁に立てかけていた小手を取り上げ、勢いよくそれを振り上げる。

さすがに鉄の塊を投げつけられては無傷でいられないと悟ったのか、リチャードは両手を胸の前まで下げてじりじりと後退を始めた。「落ち着いて」と引き攣《ひ　つ》った笑顔で繰り返すリチャードを、アリシアはそのまま部屋の外へと追い出してしまう。

リチャードが廊下に出ると、アリシアは力任せに部屋の扉を閉めた。

あえなく廊下に放り出されたリチャードは、しばし部屋の前でうろうろしていたようだったが、結局無理やりアリシアの部屋に入ってくることなく自室へ戻っていった。

リチャードの足音が遠ざかると、アリシアは手にしていた小手を床に落としてベッドに倒れ込んだ。両手で顔を覆うと、指先で触れた頬がやけに熱い。

（あの……馬鹿王子が……！）

胸の中で悪態をつき、アリシアはベッドの上で体を丸くする。

心臓がバクバクとうるさい。落ち着け、そうじゃない、と自分で自分に言い聞かせる。

騎士団に入り、小隊を任されるようになってからというもの、アリシアはわざと男のような口調で話すようになった。周囲の男性に引けを取らぬよう口数も減らし、大きな表情も作らず、可能な限り女性らしさをそぎ落としてきたつもりだ。

そうやってアリシアが築き上げてきた騎士像が、キスひとつでたやすく突き崩されてしまうとは。小娘のように顔を赤くしてベッドに沈み込んでいる自分が忌々しくて仕方ない。

（キスがなんだというんだ！　あんなもの、単なる身体接触に過ぎない！）

そう胸の中で繰り返してみても、唇に残る柔らかな感触を打ち消すことは難しい。気を抜くと背後からアリシアを抱きしめたリチャードの腕の強さや胸の広さまで思い出してしまい、アリシアはベッドの端から端まで転げ回る。

（たかがキスだ、キスくらい――結婚式まで大事にとっておいてなんになる！）

動揺を殺そうと思いつくまま胸に言葉を並べていたら、思いがけず自身の本音に直面した。

同時に体が壁に激突して、アリシアはベッドの端で動かなくなる。

こんなとき、押し込めていたものが溢れてしまう自分自身に幻滅する。

ファーストキスは結婚式までとっておきたいなんて、これでは町の娘たちと変わらない。そもそも男所帯の騎士団に入団した自分を娶《めと》ってくれる男などいるはずもないのに。マリオにさんざん騎士団に入ることは止められた。その猛反対を振り切って騎士になった時点で、女らしい夢とは一切決別したつもりだったのだが。

アリシアはベッドの上で寝返りを打ち、天井を見上げて深く息を吐いた。無理やりいつもの無表情を作ると、ゆっくりと目を閉じる。

(私もまだまだだな……)

たかがキスだと、もう一度自分に言い聞かせる。

それでも、いつもより早鐘を打つ心臓が普段の落ち着きを取り戻すまでには、まだ相当の時間がかかりそうだった。

翌日、アリシアたち一行が宿を出たのは日も昇りきらぬ早朝だった。

フィレーニからラクシュマナフへ行くには半島を北上していく必要がある。その途中では二つの国を通過しなければならない。

まずはフィレーニに隣接するセルヴィ、さらにその北にあるウルカウニ。

隣国のセルヴィとは比較的友好な関係が築けているものの、国王が酒に溺れ始めてからというもの、ウルカウニとは外交が疎遠になっている。国境を越えることに問題はないだろうが、ウルカウニに入れば何が起こるかわからない。リチャードが終始鼻歌交じりなので忘れがちだが、ピクニック気分でのんびりしていていい旅路ではないのだ。

朝霧の中、全身を鎧で固めたアリシアは兜のバイザーを深く下ろして馬車の傍らに馬をつける。

隊長であるアリシアが馬車の一番近くを進む編成は、旅に出る前から定められていたものだ。リチャードと顔を合わせたくない、という本音は、任務遂行のため黙殺した。

宿から離れたところで、馬車の窓からリチャードが顔を出した。

「アリシア……昨日のことだけれど……」

低く潜めた声でリチャードに話しかけられても、アリシアは一切そちらを見ない。昨日の一件を踏まえ、この先リチャードと余計な口は利くまいと、アリシアは胸に誓ってしまっている。

唇を真一文字に引き結んで前を見据えていると、視線の隅でリチャードが深く頭を下げた。

「アリシア、昨日は本当に申し訳なかった。騎士である君に対して、あるまじき行いだった。反省してる」

てっきりぺらぺらと言い訳がましく言葉を重ねてくるかと思いきや、リチャードの口調は重々しく浮ついたところがない。本気で謝罪しているようだ。

意外に思いちらりとリチャードに視線を向けると、ちょうどリチャードが顔を上げたところだった。窓からじっとこちらを見詰める漆黒の瞳と視線が交差する。

すぐ目を逸らすつもりが、タイミングを外した。リチャードはアリシアの視線を捕まえ、薄く微笑《ほほえ》む。

バラ色の唇が何か囁いた。声はないが、怒号が飛び交う戦場でも遠くの兵士の唇を読めるよう訓練しているアリシアはわかってしまう。

「でも君は、本当に魅力的な女性だと思うよ」

唇の動きを読んだアリシアは、とっさにリチャードから顔を背ける。

今の言葉は、アリシアに伝えるために口にされたものではない。実際声は出ておらず、いわば独白のようなものだ。

つまりそれはお世辞でもご機嫌とりでもないリチャードの本心ということで、アリシアはどんな顔をしていいのかわからなくなる。口元を拭うふりをして、前より深く兜をかぶり直した。

(女に目がない馬鹿王子の戯《ざ》れ言《ごと》にいちいち動揺するな……！　くそ……っ)

リチャードはまだ馬車の中からこちらを見ている。視線を感じるだけで妙に緊張してしまい、ともすれば馬を操る手元まで危うくなりそうだ。

己を戒めるつもりで強く手綱を握り直したところで、リチャードが再び口を開いた。

「実は、昨日君の部屋に行ったのはひとつ頼みがあったからなんだ。あんなことがあった後に頼みごとなんて気が引けるけど……」

頼みごと、と言われてしまえば、聞き流すことは難しい。旅の間、リチャードの命を守ることは言うまでもなく、可能な限り快適に過ごせるよう取り計らうのもアリシアたちの務めだ。

アリシアは嘆息を押し殺して馬車に馬を寄せた。

「……一体どんなご用命でしょう」

不承不承尋ねるアリシアを、リチャードは一瞬眩《まぶ》しそうに見上げてから、ありがとう、と目を細めた。

「君さえよければだけれど、旅の間、君のロザリオを貸して欲しいんだ」

酒を用意しろだの女を用意しろだの、そういった無理難題を想定していたアリシアは思いがけない申し出に言葉を詰まらせた。鎧の下のロザリオが急に存在感を増し、アリシアは無意識に胴当ての上からそれに触れる。

「ロザリオ、ですか。……私の？」

「そう。この国には、旅の前に親しい人から銀製品を借りると無事に帰ってこられるっていう言い伝えがあるだろう？　だから、国境を越える前に借りられたらと思って」

「しかし、それは……もっとも親しい相手から借りるものでは……？」

フィレーニの人々は迷信深い。古い言い伝えと知りつつも、遠出をするときは誰もが家族や恋人から銀製品を借りてくる。アリシアはもちろん、リチャードを警護する隊員や馬車の御者《ぎょしゃ》でさえ、残らず誰かから借りた銀製品を持っているはずだ。

リチャードなら、肉親である国王から銀製品を借りるのが妥当だろう。しかしどうやら国王は、リチャードに銀製品を渡していないらしい。

アリシアの表情が困惑で曇る。親が子供の旅立ちに銀製品を用意しないという事態がアリシアには理解できない。

兜をつけていてもなお動揺を隠せないアリシアを見上げ、リチャードは苦笑を漏らした。

「本当なら父に用意して欲しかったんだけど、あいにく旅立ちの前に顔を合わせることができなかったんだ。何かと忙しい人だから」

リチャードは言葉をぼかしたが、国王はリチャードが出発するそのときも寵姫とともにいたのだろう。さすがにアリシアも眉根を寄せる。

非難を込めたアリシアの視線をかわし、リチャードは前を見据える。その横顔に、うっすらと寂しげな陰が過《よ》ぎった。

国王の正妻だったリチャードの母は、リチャードを産んだ後流行病《はやりやまい》にかかって他界している。国王は後妻を娶ることもなかったので、リチャードには腹違いの兄弟すらいない。唯一の肉親は父である国王だけだが、国王は寵姫と戯れるのに忙しく、家族どころか国政すら顧みない状況だ。二人の間に親子らしい会話などないに違いない。

アリシアは幼い頃に母を失い、他に家族がいるのかどうかすらわからないが、養父であるマリオに大切に育てられた。今回の旅立ちに際しても、マリオは方々駆け回って上等な銀のスプーンをアリシアに用意してくれたほどだ。

親とはそういうものだと思っていたアリシアにとって、リチャードと国王の冷え冷えとした関係は衝撃だった。

かける言葉も思いつかずアリシアが黙り込んでいると、それに気づいたのかリチャードは一瞬浮かべた淋《さび》しげな表情をかき消し、ゆったりと微笑んだ。

「すまない、妙なことを頼んでしまった。忘れてくれて構わないよ」

リチャードは同じ要望を二度口にするつもりはないらしく、唇に静かな笑みを浮かべて窓から身を引いた。その姿は、幼い頃から親に甘えることもできず、他愛のないわがままも諦めざるを得なかったリチャードの少年時代を連想させて、アリシアは頭を抱えたくなった。

銀製品を貸すぐらいなら、本来渋る必要もない。だがこのロザリオに関しては、容易に承諾できない理由がある。

アリシアが入浴中も、眠るときすら離さないロザリオは、アリシアにたったひとつ残された母の形見だった。アリシアが賊に襲われた現場で、マリオが唯一持ち帰れた母の遺品だという。

せめてもう少し前に打ち明けてくれれば、旅の前に適当な銀製品を用意してリチャードに渡すこともできた。だが必要最小限の荷物しか持たない旅の途上で、アリシアが所持している銀製品といえば、マリオから借りたスプーンとロザリオくらいのものだ。

マリオがせっかく用意してくれたスプーンをリチャードに渡すのはためらわれる。となれば、アリシアからリチャードに渡せる銀製品はロザリオしかない。

車中に視線を送る。リチャードは未練がましくアリシアを見ることもなく、むしろ自身の頼みごとなど忘れたような顔で窓に肘《ひじ》をつき、くつろいでいる。

だが実際のところ、家族から銀製品を受け取ることもなく――つまり旅の無事を誰に祈られることもなく国を離れなければならないその心中はいかばかりだろう。

アリシアは胴当ての上からロザリオに触れる。

顔も覚えていない母親の、唯一の形見。不安なことがあっても、このロザリオをつけていればいつも勇気づけられた。

だが今は、ロザリオの他にマリオが用意してくれたスプーンがある。旅の途上で何があっても、これが自分を守ってくれるはずだ。

（どちらか片方あれば十分だ。王子には、そのどちらもないのだから……）

しばらくそのままの格好で馬に揺られていたアリシアは、何かを思い切るように鋭く息を吐くと、その勢いのまま無言で首からロザリオを外した。

指先にロザリオの鎖を絡ませ、アリシアは馬車の中を覗き込む。窓の外を振り返ったリチャードは、ロザリオを差し出してきたアリシアに驚いた顔を見せてそれを受け取った。

「……いいのかい？　君の大切なものだったんじゃ？」

「騎士の勤めですから。お役に立てるなら何よりです」

「本当に？　無理をする必要はないんだよ？」

両手にロザリオを乗せ、リチャードは念を押すように尋ねてくる。

本音を言えば、片時とて母の形見を手放したくはなかった。けれど一国の王子が、誰からも旅の無事を祈られず国を出るのはあまりにも忍びない。

アリシアは馬上で身を屈めると、リチャードの掌に置かれたロザリオに自身の手を重ねた。

「貴方の旅路が、光溢れるものでありますように」

今だけは昨晩の不埒《ふらち》な行いを忘れることにして、アリシアは真摯にリチャードの旅の無事を祈った。

アリシアの指先がロザリオから離れると、同時に後方から強い風が吹いてきた。朝霧を吹き飛ばす暖かな風は、海からの南風だ。リチャードの黒い髪が風に煽られ、その下の精悍《せいかん》な顔を露わにする。

こちらを見上げるその顔は、町娘に囲まれ軽薄に笑っているときとは別人のように真剣だった。真っ直ぐな目で見詰められると心の内側まで見透かされそうで、アリシアは視線を揺らす。黙っていれば本当に、南海の黒真珠と呼ばれるのも頷《うなず》けるほど見目のいい男なのだ。

「ありがとう、アリシア」

吹きやまない風の中、黒髪を風に乱されながらリチャードが声を張る。

「君はきっと、俺の幸運の女神だ。旅路に幸多からんことを祈っていてくれ」

自分こそ神話に出てくる英雄のように端整なリチャードに真顔で女神呼ばわりされ、アリシアはとっさに返す言葉が出てこない。次いで、馬車を囲むようにして進む隊員たちが固唾《かたず》を呑んでこちらの様子を窺っていることに気づき、アリシアはとってつけたような咳払《せきばら》いをした。

「鎧姿の女に女神とは、不釣り合いにもほどがありますね」

「でもその鎧の下にどれだけ美しい素顔が隠されているか、もう知ってるからね」

女ったらしと名高いリチャードらしい切り返しだ。よくもまあ口説《くど》き文句に事欠かないものだと呆れていると、窓から腕を伸ばしたリチャードがアリシアの手を摑んだ。

軽く引き寄せられたと思ったら、窓枠に手をついたリチャードが大きく外へ身を乗り出してきて、手甲の上からアリシアの手の甲にキスをする。ぎょっとして勢いよく手を引いたアリシアを見上げ、リチャードは大輪のバラも霞《かす》むほどの華やかな笑みを浮かべた。

「君は俺の女神だ」

それはもはや単なる口説き文句でしかなく、アリシアの全身を一瞬で怒りの冷気が包み込む。

普通の女性なら照れたり喜んだりするところなのかもしれないが、女性に対する偏見が強い騎士団に長くいたせいか、アリシアは女性扱いされるのが苦手だ。口説かれたりしようものなら、いっそ馬鹿にされた気分にすらなる。

アリシアは冷淡な声でリチャードに告げた。

「馬車の中に引っ込んでください。頭を弓で貫かれますよ」

「まだ国境を越えていないから大丈夫だよ」

「敵が国の外にばかりいると思わない方が賢明では？」

「君が弓をつがえてくる可能性もあるってことかい？」

「さすが王子、ご聡明なことで」

王族の、しかも次期国王に対してほとんど喧嘩腰《けんかごし》の受け答えをするアリシアを、周囲の隊員たちがはらはらした顔で見守っている。彼らは原則小隊長のアリシアに従うが、もしもリチャードがアリシアを斬るよう命じれば、その命令を優先せざるを得ない立場だからだ。

当のアリシアは周囲の心配もよそに臣下らしからぬ暴言を吐き続けるので、隊員たちは一層青い顔になる。そろそろ力ずくでもアリシアを止めるべきでは、と誰からともなく目配せが始まる頃、馬車の中でリチャードが声を立てて笑った。

「本当に君は面白いな！　君みたいな女の子は初めてだよ、アリシア」

「お褒めいただいているのかもしれませんが、まったく嬉しくありません」

「そうか。俺は君と喋っていると楽しいばかりだけれど」

「私はいい加減口を噤《つぐ》んで馬車に戻っていただきたく思っております。頭を弓で貫かれないためにも」

「そうだね、君に貫かれる可能性もあるからね」

時間を追うごとに遠慮が薄れていくアリシアの言葉を、リチャードは本気で面白がっているらしい。アリシアの暴言に眉を顰《ひそ》めるどころか、上機嫌で笑っている。

わざとリチャードの不興を買って馬車から離れようとしていたアリシアにとっては大誤算だ。不機嫌な顔も隠さず、アリシアは馬車から少しだけ距離をとる。

「益体もない話はこのくらいにしましょう。さっさと顔を引っ込めてください」

「わかった。でもお喋りくらいは続けてもいいだろう？」

「気が散ります」

「日頃訓練を積んでいるんだろうからこの程度問題ないだろう？　しりとりでもしよう。『ロザリオ』からスタートだ」

馬車の中に座り直したリチャードが、アリシアから受け取ったロザリオを首にかけながらしりとりを仕掛けてくる。

聞こえなかったふりで馬車から離れようとしたものの、リチャードが胸の上のロザリオを優しい手つきで撫でるのを見て、急速に怒りが萎《な》えた。胸元を見下ろすリチャードの唇には子供のように嬉しげな笑みが浮かんでいて、アリシアは不承不承馬車に馬を寄せる。

「……斧《おの》」

「お、じゃあ、ノコギリ」

「りんご」

「ゴマ」

馬車はぽくぽくとのどかな足音を響かせて歩き続ける。一体何が楽しくて王子としりとりをしなければいけないのだろうと遠い目で思いつつ、アリシアは律儀にしりとりを続けた。

「……蕪《かぶ》」

「ぶ、ぶ、ぶー……、豚ってもう言ったっけ？」

「いいえ。たぬき」

「アリシア、君しりとりが強いね。ぜんぜん考え込まない。で、今なんて言った？」

「お褒めいただき光栄です。たぬき」

「君が好きだ」

短くぽんと飛んできた言葉は、一瞬耳元をすり抜けて、時間差でアリシアの胸を軽く叩く。

無言でリチャードに視線を向けると、リチャードは整った顔に蕩《とろ》けるような甘い笑みを浮かべた。

「君が好きだよ、アリシア」

不意打ちに、不覚にもドキリとしてしまった。

だが挨拶程度の気軽さで女を口説くリチャードにそれを悟られるのは、己の矜持《きょうじ》に関《かか》わる。

アリシアは動揺を押し隠し、わずかに目を眇めて短く答えた。

「……ダイヤ」

「スルーか。手強いな。じゃあ、やっぱりどうしても君が欲しい」

「……池」

「結婚しよう」

「…………うすらトンカチ」

「誓いを立てさせて欲しい、絶対幸せに……」

「貴様なんのためにラクシュマナフへ向かうつもりだ」

「たっ、隊長！　前方に怪しい影が！　追い払いますか!?」

王子を貴様呼ばわりした上に本気で馬車に腕を突っ込みかけたアリシアを、隊員のひとりが顔面蒼白で止めにかかった。アリシアは一応前方に目を向け、それらしき影がないことを確認すると荒々しく蹄の音を立て馬車から遠ざかる。

(帝国の姫君に求婚に行くというのに、冗談でも笑えない)

本気で言っているわけもないことは明白で、だからこそ軽々しくそんなことを言うリチャードが腹立たしい。

こんな王子を護衛するために命がけでラクシュマナフへ向かっている自分たちが馬鹿らしくなってきて、アリシアは腹立ち紛れに馬車を睨みつけると、胴当ての上から軽く胸を叩いた。だが、そこに慣れた固い感触はない。

今更ながら大切なロザリオをリチャードに渡してしまったことに対する後悔が胸を過ぎり、前途多難な旅の予感にアリシアは天を仰いだ。


旅の二日目にして、アリシアたちは無事セルヴィの国境を越えることができた。

セルヴィは半島の南寄りに位置し、北はウルカウニ、南はフィレーニと隣接した国だ。

気候はどちらかというとフィレーニに近く、年間を通して過ごしやすい。賭博《とばく》が盛んで夜がふけるほど町は賑《にぎ》やかになり、ブドウの産地ゆえ酒にも事欠かない。国全体が陽気で華やかで、けれど少しだけ自堕落な雰囲気に包まれている。

国境を越えた翌日はセルヴィの国王との謁見《えっけん》も果たした。王の御前でリチャードは旅の目的を、ラクシュマナフの姫君に求婚することだと臆《おく》することなく明言した。

どう考えても正気とは思えない理由だったが、でっぷりと太ったセルヴィの国王はそれを冗談と受け止めたらしい。リチャードの言葉を豪快に笑い飛ばして謁見は無事終わった。

謁見が済み次第アリシアたちは再び北を目指す。予定だったのだが、リチャードの一言でその計画は頓挫《とんざ》した。

「ちょっと寄るところができてしまったんだけど、いいかな」

王宮を出た途端リチャードがのんきなことを言い出して、馬車の側に馬をつけていたアリシアはじっとりと眉を寄せた。

「それは火急の用件ですか」

「さっき王宮で顔見知りの貴族に会って、今夜開かれる舞踏会に誘われたんだ」

「火急の用件ではありませんね？」

この三日でリチャードに対するアリシアの扱いは一層ぞんざいになり、それを見守る隊員たちも、思いがけず器の大きなリチャードの対応に安心してアリシアを止めようともしなくなった。

リチャードは「火急ではないね」とからりと笑って同意してから、こうつけ足した。

「相手はうちの親戚筋《しんせきすじ》なんだ。俺の大叔母《おおおば》に当たる人が嫁いでる。大叔母はとっくに亡くなっているんだけど、未だに交流は深いよ」

「……そういうことは先に言ってください」

国王一族と縁の深い相手なら、よほどのことがない限り誘いを断れるはずもない。アリシアたちは急遽《きゆうきよ》舞踏会に参加することになり、夜は貴族の館で一泊することになった。

館に向かいながら、予定になかったこの時間的ロスをどう穴埋めしようかアリシアは馬上で思案する。

難しい顔で考え込むアリシアに、リチャードは屈託のない顔で喋り続けた。

「それでまぁ、舞踏会というからには着飾ったご婦人方と踊りを踊るわけだけど、俺のパートナーはアリシアに任せようと思ってる」

「パートナーとは？　護衛のことですか」

「いや、踊りの相手」

「踊りの」

頭の中に地図を広げ、上の空でリチャードの言葉を復唱したアリシアは、次の瞬間ぎょっとして目を見開いた。

「踊り、私がですか!?」

「そうだよ。舞踏会ともなればホールは人で一杯だ。警護は絶対必要だろう？」

「警護にどうして踊りが必要なのです！」

話が呑み込めない焦りから、アリシアの声は自然と大きくなる。対するリチャードはきょとんとした顔だ。

「だって君、鎧姿で舞踏会に参加するつもりかい？」

問われるままにその光景を想像して、確かに異様だ、とアリシアは口を噤む。美しく着飾った紳士淑女が集うホールで、隣国の王子の傍らに鎧で全身を包んだ兵士が立つのは、場違いなことこの上ない。

「で……でしたら、会場の入り口に兵士たちを配備します」

「他人の屋敷の入り口に兵を置くなんて無粋な真似《まね》はできないよ。他の客が怯えてしまう」

「ならば他の兵士を正装させて王子の側に置きます」

「他の人たちももちろん正装してホールに入ってもらう。当然君も、ドレスを着て」

ドレス、とアリシアはひしゃげた声で繰り返す。そんなもの着たこともない。

騎士団に入ってからというもの、アリシアはドレスどころかスカートすらも避けてきた。家の中でくつろぐときでさえ、男性が穿《は》くようなズボンを穿いて過ごしてきたほどだ。

そんな自分がドレスを着る。

きっとスカート捌《さば》きはぎこちなく、筋肉のついた体は華奢《きやしゃ》なドレスをぱんぱんにして、世にも見栄えの悪い姿を人目に晒す羽目になるのだろう。

「王子、私にドレスを着せるくらいなら、隊の中で一番小柄な者にドレスを着せた方がまだましです。思い直してください」

「相変わらず面白い冗談を言うね、君は」

アリシアはどこまでも真面目《まじめ》に提案したのだが、リチャードはおかしそうに笑って取り合わない。アリシアはなおも食い下がろうとしたが、リチャードの完璧に整った笑みがそれを遮った。

「俺を守ってくれるんだろう？　騎士様」

アリシアは、喉元まで出ていた言葉を腹の底まで呑み込んだ。騎士ならば私情くらい捨ててみせろと挑発されているようで頬の内側を噛み締める。ここで引き下がれば騎士の名折れだと、妙な対抗意識まで湧《わ》いてきた。

アリシアはぎりぎりと音がするほど強く奥歯を噛み締めると、低く押し殺した声で言った。

「……わかりました。ホール内の警護はお任せください」

「本当かい？　よかった」

「ゴリラのような女を連れてきたことを、せいぜい皆の前で後悔なさるといいでしょう」

アリシアは女性にしては背が高く、日々の鍛錬で体も鍛えられている。華奢な淑女と並べばその厳つさは隠しようもないはずだ。

リチャードは挑むようなアリシアの顔を見返して、「やっぱり君は面白い」と楽しそうに笑っただけだった。

リチャードの遠縁に当たるという貴族は、アリシアたち一行を快く館に迎え入れてくれた。それどころか、アリシア以下隊員たちを正装させて舞踏会に参加させて欲しいというリチャードの急な申し出も、朗らかに笑って受け入れてくれた。

心のどこかで断られることを期待していたアリシアは落胆した顔を隠すのに必死で、あれよあれよという間にリチャードの見立てで自身のドレスが決められていくのを止める暇もなかった。

「それじゃあアリシア、また後で」

いかにもくつろいだ様子で館の主《あるじ》とお茶を飲みながら、リチャードはアリシアをメイドに引き渡す。アリシアは恨みがましい視線を向けてしまわぬよう深く一礼してから大広間を出た。

客間に通されるとすぐにメイドが入浴の手伝いを申し出たが、それくらい自分でできると固辞してひとりバスルームへ入った。

バスタブにはすでになみなみと湯が張られており、香油でも垂らしているのか浴室内には甘い花の香りが漂っていた。

もはや後戻りできないくらい準備は万端らしい。アリシアは諦めて鎧を脱ぎ、兜の下でまとめていた髪もほどいた。

花の香りがする湯に浸《つ》かると、自然と唇から溜息が漏れた。家では大きなホーローの器に湯を張って腰湯をするのがせいぜいで、こんなにも大きなバスタブに浸かるのは初めてだ。こんな状況でなければもう少しはしゃげたものをと、アリシアは少し惜しい気持ちで湯を撫でる。

広い庭に面した窓からは午後の明るい日差しが射し込んでくる。なめらかな光を跳ね返す湯と、その中でたゆたう自身の体を見下ろして、アリシアは先程よりも重たく淀んだ溜息をついた。

日々剣を振るうアリシアの腕には大小さまざまな傷があり、薄く筋肉のついたそれはとても華奢とは言い難い。ドレスなど似合う体でないことは自分が一番承知していて、今からドレスに袖を通すのが憂鬱だった。

その上アリシアの背中には痣がある。肩胛骨の下辺りにあるというが、自分では見えないので実際どの程度背中の開いたドレスを着ると痣が見えてしまうのか、よくわからないのも不安の種だ。

どうしてこんなことになったのか。鬱々と考えながら体を清め、アリシアはバスルームを出た。

隣室の客間ではすでにメイドたちが待機していて、アリシアを出迎えるなり早速ドレスの着つけが始まった。

さすがにメイドたちはよく教育されているようで、女性にしては筋肉質なアリシアの体を見ても眉ひとつ動かさない。その代わり無駄口も叩かず、実に機械的に手を動かすのでアリシアも抵抗する暇がなかった。

アリシアは鎧よりも強固な補正下着で全身を締めつけられ、見た目よりずっと重いドレスを着せられて、髪を結われ、化粧を施され、日が落ちるまでたっぷりと時間をかけてドレスアップさせられた。

ようやくすべての準備が終わる頃、館の中にぽつぽつとろうそくの火が灯《とも》され始めた。アリシアが控える客間にもろうそくの火を灯し、ようやくメイドたちが全員部屋から出ていく。舞踏会が始まる前からすでにぐったりとして、アリシアは客間の椅子《いす》に凭《もた》れかかった。

無意識に、指先が胸元に伸びていた。胸の中心に並ぶボタンに触れ、その下にロザリオを探してしまいアリシアは指先を握り締める。こんなときはロザリオに触れていると少しだけ落ち着くのだが、リチャードに貸してしまったことを今さら悔やんだ。

しばらくすると、頃合いを見計らったかのようにリチャードが部屋にやってきた。

「アリシア、そろそろ準備はいいかい？」

窓辺に座っていたアリシアは、とっさにリチャードから顔を背けて窓の方を向いた。だがすでに外は闇に塗り潰され、窓に映るリチャードの顔が見えただけだ。

「どうしてそっぽを向くの？　宿で鎧を脱いだところに俺が居合わせたときは堂々としていたくせに」

アリシアに歩み寄り、リチャードはおかしそうに笑っている。

笑っていられるのも今のうちだ、とアリシアは内心悪態をついた。

（私にドレスを着せようなどと酔狂なことを思いついた自分を呪《のろ》うがいい。カカシにドレスでも着せて連れていった方がまだましだったとせいぜい後悔しろ！）

思いつく限りの罵倒《ばとう》を胸中で並べ、アリシアは背後に近づいたリチャードを勢いよく振返った。

勢いがつきすぎたせいか、アリシアに手が届く距離まで近づいていたリチャードの足が止まった。その顔に、一瞬で驚きの表情が浮かぶ。

リチャードを見上げ、アリシアは挑むような表情で唇の端を持ち上げる。

「どうです、似合わないでしょう。我が隊のギルバートは小柄です。彼にドレスを着せた方がよろしかったのでは？」

面白くもない真実は、相手に言われるよりも自分で言ってしまった方がましだ。

リチャードは目を丸くしたまま、片手で自分の口元を覆った。

「……いや、そうは思わないけれど……」

「けれどなんです。やはり舞踏会に私を連れていくのはやめますか？」

「やめないよ。というか……どうして君、さっきからそんなに捨《す》て鉢《ばち》なんだい」

困惑した表情のリチャードに尋ねられ、ドレスなど似合わないからに決まっている、という言葉をアリシアは不機嫌な顔で呑み込んだ。

アリシアに用意されたのは、真冬の湖にも似た冴《さ》え冴《ざ》えと青いドレスだ。胸の中央にボタンが並んだドレスは大きく胸元が開き、柔らかなフリルが周囲を飾っている。

袖口に繊細なレースが施され、スカートにたっぷりと襞《ひだ》が寄せられたドレスを見たときは、さすがのアリシアもその美しさに息を呑んだ。

だがドレスが美しければ美しいほど、それに袖を通す自分が場違いに思えて仕方がない。

袖の短いドレスはアリシアの傷だらけの腕を隠してくれず、襟元は肩の辺りまで落ちて、首筋から鎖骨、さらに背中の半分近くが露わになる。髪はメイドたちが結い上げてしまい、鍛えた首を隠すこともできない。

リチャードはまじまじとアリシアを見詰めて何も言わない。居心地の悪さに耐えかねて、アリシアは深く俯《うつむ》いた。

「……私を舞踏会に連れ出して、恥をかくのは王子ですよ」

「そうかな。君をこの場に置いていく方が、末代までの恥になると思うけれど」

いつになくきっぱりとした口調でリチャードが言う。その意味を理解するより早く、やおらリチャードがアリシアの前に回り込んで床に膝をついた。

主従が逆転したような格好にぎょっとするアリシアの顔を下から覗き込み、リチャードは真剣な面持ちで言った。

「何を恥ずかしがっているのか知らないけれど、君はとても綺麗だよ、アリシア」

「な、慰めは結構です」

「慰める必要があるとすれば、今日の舞踏会で君と並んで立たなければいけないレディたちだ。どうしたって見劣りするのは避けられないからね」

「歯の根が浮くようなお世辞も結構です！」

「俺は本当のことしか言ってない」

リチャードはアリシアから目を逸らすことなくきっぱりと宣言する。これまではアリシアに何を言われても柳に風と受け流していたというのに、今回だけは意見を曲げようとしない。

強い意志を秘めた漆黒の瞳は海の底に沈む黒真珠に似て、アリシアの全身を包む怒りや苛《いら》立《だ》ちを吸い取るように冷ましてしまう。だがそれは、荒々しい感情の下に隠していたアリシアの不安や羞恥を暴く結果ともなった。

いつものように威勢よく反論することもせず俯くアリシアの手を、リチャードがそっと摑む。

「ドレスに着替えてから、ちゃんと鏡は見たかい？」

「……見るわけがありません」

「それじゃあ正当な評価はできないね。立ってごらん」

立ち上がったリチャードに優しく手を引かれ、アリシアは俯きがちに椅子を立つ。慣れないスカートに足を取られるアリシアに手を貸し、リチャードは部屋の隅に置かれていた鏡の前にアリシアを立たせた。

「見てごらん。冷気に美貌を磨かれた、雪の女王も裸足《はだし》で逃げ出すくらいの美女がいるだろう？」

アリシアの肩を後ろから両手で掴み、リチャードは歌うような調子で言う。

リチャードの言う通り、鮮やかな青いドレスに身を包んだアリシアは文句なく美しかった。緊張して少しばかり青ざめた頬は吸い込まれるほどに白く、日頃日差しの下で鍛錬を重ねているのが嘘《うそ》のようだ。アリシアは日に焼けても肌が赤くなるばかりで黒くならず、全身どこを見ても抜けるように白い。

引き込まれそうなアイスブルーの瞳にはバサリと長い睫がかぶさり、白磁のような頬と紅を差した唇の鮮やかなコントラストに目を奪われる。いつもはさらしを巻いて鎧の下に押し込めている胸は思いがけず豊満で、補整下着をつけるまでもなく筋肉のコルセットで締まったウエストとの対比は見事なものだ。

表情の乏しさはむしろ鋭利な美しさを際立て、今やアリシアは気安く声をかけるのもはばかられるくらいの美女に変じていた。

だが、アリシアはそうした事実を直視することができない。自分にドレスは似合わないと思い込んで、まともに鏡を見ることすら難しい状況だ。

そんなアリシアに、リチャードは根気強く語り続ける。

「元から美人だとは思っていたけれど、こんなに綺麗になるとは思わなかった。難癖のつけようがない。それなのに、何が君は不満なの？」

「……不満、というわけでは……。ただ、その……腕が……」

アリシアは二の腕から手首を撫で下ろす。肩口から、リチャードもアリシアの腕を覗き込んできた。

「傷が気になる？　だったら手袋を用意しよう」

「手袋をつけたところで、腕の太さまでは隠せません」

早速メイドを呼びつけて手袋を用意するよう告げたリチャードは、太いかなぁ、とおかしそうに笑った。

「もっと太いご婦人だってざらにいるよ？」

「だとしても、こんなに硬そうな腕ではないでしょう」

「引き締まっていて綺麗だよ。そもそもそんなに太くもないと思うけど」

アリシアの前に回り込み、チャードは自分の服の袖をまくり上げてアリシアの腕に並べた。剣を振ったこともない優男と思い込んでいたが、リチャードの腕は予想外に逞《たくま》しかった。リチャードと比べると、ひとりで椅子に座って眺めていたときは無骨に見えた自分の腕が、一般的な女性と遜色《そんしょく》なくほっそりと見えたくらいだ。

「確かに少し背が高いかな。体も鍛えてる。でも筋肉が盛り上がってるほどじゃない。こうして俺の隣に立ってごらん。君だって他の女の子と変わりないよ」

アリシアの隣に立ったリチャードが、鏡を見るよう促してくる。アリシアはさんざんためらってから、ようやくそろそろと鏡に視線を向けた。

鏡には、正装に着替えたリチャードとドレスを着たアリシアが映っている。

リチャードはすらりと背が高く、肩幅も広い。その隣に立つ自分は、確かに案じたほど大柄でもなければ、肩もごつごつしていないように見える。

(……こうしてみると、思ったよりずっと大きな人なのだな)

十センチ以上も身長差のあるリチャードを鏡越しに眺めて思っていたら、メイドが手袋を持ってきた。それを受け取ったリチャードがアリシアに手袋をつけ始め、王子に身繕いを手伝わせている自分に気づいたアリシアは慌てて手を引いた。

「そ、そんなものは自分でやります!」

「いいから。他に何か気になることは？」

「他は……その、首が太いので……」

「まーたそんなこと言って。太くないよ。むしろ長くて綺麗な首だ」

「せめて髪を下ろしたいです……」

「その項《うなじ》を隠すのはもったいないなぁ。隠すくらいだったら、相手の視線が上に向くように仕向けた方がいいね」

言うが早いかリチャードは室内を見回し、テーブルの上に飾られていた花瓶に目を留めた。庭に咲いていた花でも摘《つ》んできたのか、花瓶には白いバラが生けられている。

花瓶から花を抜いたリチャードは、丁寧に棘を取ったそれをアリシアの髪に挿《さ》し始めた。

「ほら、綺麗。君の前に立った瞬間、相手の視線は花に向く。首は見ないよ」

メイドが編み込んだ髪にリチャードは器用な手つきで花を飾り、満足そうに微笑む。

蜂蜜色の髪に白い花と緑の葉が絡む様は、アリシアも素直に綺麗だと思った。やっと己の顔を真正面から見る余裕も出て、思った以上に自分が心許《こころもと》ない顔をしていたことを知る。

「他には？　なんでもいいよ、言ってみて」

アリシアの頬にかかる髪を耳にかけながら、リチャードは優しく促す。

普段なら、もう結構、とぴしゃりと言ってのけただろうが、着慣れないドレスを着て、見ず知らずの貴族の家でひとりにされ、アリシアも少しは不安だったのかもしれない。気がつけば、弱い響きを伴う声で呟いていた。

「背中に、痣があります。それが見えないか心配で……」

「……どの辺り？」

「肩胛骨の、下のあたりと聞いています」

「だったら見えるわけがない。肩胛骨だって半分も見えないんだから」

「そうでしょうか、ずいぶん下まで襟ぐりが開いているような気がしますが」

「見えないから余計気になるんだね」

アリシアは黙って頷く。今でさえ、背後に立つリチャードが自分の背を見ていると思うと

落ち着かない。振り返って背中を隠したくなる衝動を抑えるのに必死だ。

ふと目を上げると、鏡の中でリチャードがじっとアリシアの背中を見ていた。興味を引かれたのか、後ろから手を伸ばしてアリシアのドレスの襟に指をかけようとしている。

見られる、と思ったらアリシアの全身が強張った。

もしも今無遠慮にリチャードが背中を覗き込んだら、きっと自分はリチャードを殴り倒す。顔を見るたび怒りが蘇り、今後まともに目を合わせることもできなくなるだろう。

リチャードは鏡越しにアリシアに見られているとは気づいていない様子で、なおもアリシアの背中を見ている。指先は今にも襟に触れそうだ。アリシアはいつでもリチャードの手を振り払えるよう臨戦態勢をとる。

だが、リチャードは途中で何か思い直したような顔をして、襟ぐりに向かっていた手をそっとアリシアの両肩に乗せた。

「ストールを用意しよう。それを肩にかけていれば、少しは気も紛れるだろう？」

アリシアの肩から手を離し、リチャードは再びメイドを呼ぶとストールを持ってくるよう言いつける。

そんなことで、アリシアは自分の体からどっと力が抜けるのを感じた。

興味本位で他人の秘密を暴くのは道義にもとる。リチャードが思い直して手を引いたのも、人として当然のことだ。見直すようなことではないのだが。

それでもやはり、アリシアの心情を慮《おもんぱか》って手を止めてくれたことにホッとした。そのおかげか、肩にストールをかけてくれたリチャードに素直に礼を言うことさえできた。旅が始まってからというもの、リチャードにはぎすぎすした感情しか抱くことはなかったというのに。

「本当にとても綺麗だよ、アリシア。ホールの視線を独占してやろう」

楽しそうにそんなことを言うリチャードに呆れたような視線を送りつつも、リチャードが客間に現れるまでずっとアリシアを苛《さいな》んでいた心細さはもう感じなかった。

リチャードがいったん部屋から出ると、アリシアは改めて鏡の中の自分を見た。

鎧姿の方が見慣れているせいか、やはりどうにも違和感はあったが、リチャードが用意してくれた手袋やストール、髪につけた花などのおかげで、先程よりは見られるようになった気がする。

(見てくれを気にしている場合ではないな。私は騎士なのだから)

アリシアは部屋の隅に置かれた鎧に目を留める。この館に入ったときアリシアが身につけていたものだ。その傍らには剣も置かれているが、さすがにドレスの上から長剣を差すわけにはいかない。このなりで持ち込めるのは、せいぜい小型のナイフくらいだ。

長剣の他に、小回りの利く小型のナイフをアリシアはいつも携帯している。手の中に収まる果物ナイフ程度の大きさだが、それすらも堂々と手に持っていくわけにはいかず、アリシアはどっさりとパニエを仕込んだスカートをまくり上げると、足首のあたりにナイフを縛りつけた。スカートの裾《すそ》は完全に足元を隠すほどに長いので、ナイフに気づく者はいないだろう。

武器を身につけ、ようやくいつもの調子が出てきた。

鏡の中では、先程よりずっと勇ましい顔をした自分がこちらを見ていた。

鎧からドレスに着替えるだけで相当に疲弊していたアリシアだったが、支度を終えて集まった隊員たちも同様に慣れない正装にげっそりした顔をしていたので安心した。

隊員たちはアリシアを見るや目を丸くしたが、アリシアは向けられる視線に怯むことなく厳しい口調で告げた。

「ホールに入ったら各自王子から目を逸らさぬように。酒は程々にしろ。羽目を外しすぎて王子に恥をかかせるようなことがあれば除隊は免れないと思え。以上だ」

鎧を脱いでも普段と変わらぬアリシアの物言いに、隊員たちも即座にいつもの表情を取り戻す。客間でひとり打ち沈んだ顔をしていたアリシアを知っているリチャードはおかしそうに笑っていたが、そちらは見ないことにした。

「それじゃあ、行こうか」

リチャードがアリシアに手を差し伸べる。王子にエスコートされることに若干のためらいはあったが、ここは貴族のしきたりに従うことにして大人しくその手を取った。

ホールへと続く長い廊下をリチャードと歩いていると、遠くからたくさんの人が笑いさざめく声が聞こえてきた。潮騒にも似たそれに緊張がかき立てられる。

チェス盤のように白と黒の大理石が床に敷かれたホールに足を踏み入れた瞬間、音楽と笑声がわっとアリシアを包み込む。その後に続くのは酒の匂いと料理の匂《にお》い、それらを押しのけるほどのむせかえるような香水の香りだ。

圧倒されて立ち止まると、夜なのに青空が視界を掠めた。何事かと天井を見上げたアリシアは、半ば本気で天国が落ちてきたのかと思う。

たくさんの人が行き交うホールの天井は高く、一面に天使と聖人の絵が描かれていた。まずその絵の大きさに驚かされ、夜だというのに瞳を貫くシャンデリアの眩しさに肝を潰された。正面には緋色の絨毯《じゅうたん》を敷いた階段が延び、そのまま本当に天国まで昇っていけそうだ。

ホールの美麗さに目を奪われるアリシアは、通り過ぎる人たちが一様にアリシアに目を留めることに気づかない。その後ろに「どこのご令嬢?」と囁き合う声が広がることなどわかろうはずもなかった。

リチャードは面白がる顔をするばかりでそれをアリシアに伝えることはせず、館の主のもとへとアリシアを連れてきてしまった。

「これは王子、よくいらした。今日もまた美しいご婦人をお連れだ」

館の主はマゼランといい、公爵の爵位を与えられている。リチャードを見つけるなり冗談めかした調子で王子と呼び、親しい態度でウィンクをした。年はリチャードよりいくらか上だろうか。口ひげをくるりと巻いた、いかにも陽気そうな人物だ。

「お久しぶりです、マゼラン公。本日はお招きいただきありがとうございます」

「今更改まった挨拶はよしてくれ。君と俺の仲じゃないか。それよりこちらのレディは？」

マゼラン公に目配せされ、アリシアはぎこちない仕草でスカートの端を持ち礼をした。

「こちらは今夜が社交界デビューだ。あまりじろじろ見ないでくれ」

リチャードも砕けた口調になって、ごく自然な動作でアリシアの肩を抱く。

アリシアは騎士の習いでとっさにその手を叩き落としそうになり、スカートを握る指先に力を入れて堪《こら》えた。日々の鍛錬のたまものか、背後から手など伸びてくるととっさに迎え撃とうとしてしまっていけない。

アリシアの葛藤など知る由もないのは目の前の男たちだ。しつこく食い下がるマゼラン公に、リチャードは仕方がないとでも言いたげな顔で耳打ちする。

「こちらは俺を護衛してくれている小隊の隊長だ。ドレスを貸してくれるよう頼んだだろう？」

「隊長って、あの鎧姿の？　ちらりと見たけれどいかにも武骨な形《なり》をしていたぞ？　兜のせいで顔までは見えなかったが、まさかこんな美人のはずが——」

マゼラン公は笑いながらそこまで言ったものの、愛想笑いひとつ浮かべないアリシアの顔を見ると慌てて笑いを引っ込めた。リチャードの言葉が冗談ではないと気づいたらしく、額に手を当てて大仰に驚いてみせる。

「これは見事に化けたな。どこのお姫様かと思った」

「鎧兜で隠しているのがもったいないくらいだろう？」

マゼラン公にまじまじと顔を覗き込まれ、アリシアは静かに目を伏せる。

一見すると異性の視線に恥じ入ったように見えなくもないが、アリシアがそんな可愛《かわい》い性格をしているはずもない。目を伏せでもしないと不躾《ぶしつけ》な視線にかちんときて睨み返してしまいそうだったからだ。

そんなこととは露とも知らず、マゼラン公は脂下《やにさ》がった顔で顎を撫でる。

「君が連れてきた中では一番の美人だ。ようやく本命を見つけたのかと思ったんだが」

「そう何人も連れてきていないじゃないか」

「嘘を言え、これまでだって両手で数えきれないほどの美女を抱えてきたくせに」

言いすぎだ、とリチャードが苦笑する。だが、数の大小はあれどこの場に女性を連れ込んだことは事実のようだ。リチャードが頻繁にセルヴィを訪れているという話は聞いたことがないので、きっと今回のようにお忍びで女を連れて隣国へ遊びに来ているのだろう。

賭《か》けごとが盛んなセルヴィは夜が長い。その上美酒には事欠かず、さぞや美女との逢瀬《おうせ》も楽しめたに違いない。

（噂に違《たが》わぬ女好きだな……馬鹿王子め）

胸の中でアリシアが悪態をついていると、マゼラン公が少しだけ声を落とした。

「君、最近はウルカウニにも出入りしていると聞くぞ。うちと違ってウルカウニは何かと物騒だ。用心したまえよ」

「ご忠告痛み入る。だがへまはしないさ」

「その言い草ではウルカウニ通いもやめるつもりはないか。まったく、どこまで美女を侍《はべ》らせておけば気が済むんだ？」

どうやらリチャードにはウルカウニにも秘密の恋人がいるらしい。国内の政策もほったらかしにして他国に女を作るとは。これが次期国王かとうんざりしていると、アリシアの肩を抱くリチャードの手に力がこもった。

「これ以上は勘弁してくれ。アリシアが怖い顔をし始めた」

「ああ、それは悪かった。今夜の恋人の前で無粋な話をしてしまったな」

誰が恋人だ、と声を荒らげる前にリチャードに抱き寄せられて体が反転した。アリシアの反論を封じるようにマゼラン公に背を向けたリチャードが、肩越しに公に手を振っている。

「……半島の端から端まで愛人を置いた後は、いよいよ帝国姫君に求婚ですか」

人込みの中を歩きながらアリシアは低く呟く。けれどリチャードは悪びれた様子もない。

「彼はものの言い方が大袈裟《おおげさ》なだけだよ」

「ここにも女性を連れてきていたようですが？」

「そこは否定しないけれど、恋人じゃない」

「では愛人ですか」

「愛人でもないな。……気になる？」

恋人でも愛人でもないならなんなのだ、という疑問は確かに生じたが、楽しげな顔でこちらの反応を窺っているリチャードに気づいて口を噤んだ。女にだらしのないリチャードがどこで何をしていようと、自分には関係のないことだ。

「それよりアリシア、そろそろ曲が変わるよ」

アリシアの肩を抱いたまま、ごく自然に歩く方向を誘導していたリチャードが空中を指さした。耳を澄ませば、確かに喧騒に紛れがちな音楽が聞こえる。どこかに楽隊がいるのだろう。ホール内を見回そうとしたら、ふいにリチャードが立ち止まった。

「一曲お相手いただけますか？」

肩に回されていた腕が外れ、振り返ったときにはもうリチャードが軽やかに身を折ってアリシアに手を差し伸べていた。驚いて辺りを見渡せばそこはホールの中央で、周囲はリチャードと同じように女性に片手を差し出す男性ばかりだ。

アリシア以外の女性は次々と男性の手を取っていく。

最後に残ったリチャードは、アリシアを急《せ》かすでもなく口元に優美な笑みを浮かべてただ待っている。

周囲の視線もアリシアたちに集まってきた。隣国の王子の誘いを受けようとしないあの女は誰だと、刺さるような視線を背後に感じた。

ホールに入る直前、リチャードに恥をかかせるようなことがあれば除隊も免れないと部下たちに言明した自分を思い出し、アリシアは苦々しい顔も隠せずリチャードの手を取った。

それを待っていたかのように、楽隊が新たな音楽を紡ぎだす。リチャードは満面の笑みを浮かべてアリシアの腰を抱き寄せた。

「お、踊れませんよ、私は……！」

「大丈夫、ステップなんて適当でいいよ。どうせ皆酔ってる。俺に動きを合わせればいい、ほら、右だ」

アリシアは目を白黒させつつも必死でリチャードの動きに合わせる。

最初は右も左もわからなかったが、元来の勘と運動神経でもって、次第に同じステップを何度も繰り返していることがわかってきた。

「さすが隊長、呑み込みが早い」

足の動きは我流ながら、相手の動きに合わせてホールを滑るように移動するアリシアを見て、リチャードは本気で驚いた顔をする。そんなことに、少しだけアリシアも溜飲《りゅういん》を下げた。

「話を逸らすおつもりなら、もう少し他の方法がありませんでしたか」

「話を逸らそうとしたわけじゃない。純粋に君と踊りたかっただけだ」

「私がドレスの裾を踏んで転んだらどうするつもりです。恥をかくのは貴方《あなた》ですよ」

「君と一緒ならそれもいいよ」

二人揃ってホールの真ん中で転倒する様でも思い浮かべたのか、リチャードは本当に楽しそうに笑う。王子のくせにまったく外聞を気にしないリチャードに呆れていたら、前より強く腰を抱き寄せられた。

シャンデリアの光の下、リチャードの顔が少しだけ近くなる。

言動にいささか軽率なところが見受けられるのと好色なのが玉に瑕《きず》だが、それを差し引いてもリチャードはすこぶる見栄えがいい。襟の高いダブレットから繊細なレースの襟を出し、袖口からもぞろりとレースを覗かせた姿は華やかだ。笑みを含んだ眼差しは甘く、ホール中の女性の視線をさらっていると言っても過言ではない。

そんなリチャードが、アリシアだけを見詰めて囁く。

「本当のことを言うと、少しだけ君を自慢したかった。この場にいる誰よりも綺麗な君が、俺の連れだって」

アリシアの腰を抱き、優雅にリードしながらリチャードは囁く。

口説き言葉の定型文がリチャードの中にはごまんとあるのだろう。心の底から思っているわけでなく、その場に合わせて事前に用意したセリフを口にしているだけだ、と思うものの、妙に心臓が騒ぐのは止められずアリシアは口の中で舌打ちをする。

これまでなるべく直視しないようにしてきたが、やはりこうして真正面から見てしまうと認めざるを得ない。リチャードの見た目には非の打ちどころがない。歯の浮くようなセリフも似合ってしまう。普段の陽気な声から一転して、こんなときばかり落ち着きのある低い声で囁くのもずるい。声は溶かしたチョコをかけたように甘く、流し込まれた耳の奥まで熱くなりそうだ。

アリシアは心臓が少しだけリズムを崩していることをリチャードに悟られぬよう、努めて平静を装った。

「その手のご冗談は貴族の皆様の間でだけ楽しんでください。私のような下々の者は面白味を理解しかねます」

「冗談でもお世辞でもなくて、君は綺麗だよ、アリシア」

本当に綺麗だ、とリチャードは繰り返す。眩しいものを見るように目を眇めるその顔に嘘は感じられない。

耳が熱い。やはり髪を下ろしてくれればよかった。

いや、こんなドレスなど着てしまったのが悪い。鎧さえ着ていれば、リチャードの戯言に心かき乱されることなどなかっただろうに。

身に纏うものが変わると考え方まで変わってしまうのだろうか。真実味のない言葉に一喜一憂してしまうなんて、これではリチャードに言い寄る娘たちと変わらない。

アリシアは胸の中に渦巻く名状しがたい感情を、溜息とともに外へ逃がした。

「王子はご冗談がお好きなようで……」

「冗談じゃないってさっき言ったはずだけど？」

「埒が明かない会話は苦手です」

きっぱりとアリシアが言ってのけると、同時に音楽が途切れた。

それまで周囲で踊っていた男女がゆっくりと動きを止め、名残惜しげに体を離し、互いに優雅な礼をする。

リチャードもアリシアの腰に回していた腕をほどくと、アリシアの手を取り、軽く身を屈めた。

「俺は君のそういうところ、好きだよ」

さらりと言って、手袋をしたアリシアの指先に口づける。さすがに目を見開くアリシアを見て、リチャードはくすりと笑った。

手甲をつけていればなんということもなかった。金属越しに伝わるものなどほとんどない。

だが薄い絹の手袋は、リチャードの唇の温かさも、柔らかさも、余さずアリシアに伝えてきて、アリシアは勢いよくリチャードに預けていた手を引いた。

「王子でなければ張り手を食らわせているところです」

「王子相手でも怯まずそう言えるところも素敵だ」

わざと不遜《ふそん》なことを言ってやったというのに、リチャードは意にも介さず笑っている。アリシアはまだリチャードの唇の感触が残る手を握り締め、ものも言わずに踵《きびす》を返した。耳はまだ熱いままで、リチャードがそれに気づかないことを心底願う。

「アリシア、少しくらいワインもどうだい？　セルヴィのワインはどれも上等だよ」

当たり前の顔でアリシアについてきたリチャードが、給仕からワイングラスを受け取ってアリシアに差し出してくる。アリシアはテラスの側までやってくると仏頂面でリチャードを振り返った。

「……警護中です」

「他の隊員には少しくらい飲んでも構わないって言ってたじゃないか。それとも、君はお酒が弱いの？」

リチャードは他意もなく口にしたのだろうが、微妙にアリシアの自尊心は刺激される。女だから酒に弱いのだろう、と言われた気分になって、無言でグラスを受け取った。

本当のところ、アリシアはあまり酒を飲んだ経験がない。自分が酒に強いか弱いかの判断もつかなかったが、リチャードにそうと知られぬようためらいもなくワインを口に含んだ。

鮮やかな赤ワインがグラスの中で円を描き、口の中に流れ込む。

(甘いような……酸っぱいような……)

美味《うま》い、不味《まず》いすらもわからなかったが、飲み込んだ途端喉の奥がカッと熱くなった。

思わず周囲を見回すが、他の人々は水でも飲むような気安さでグラスを傾けている。恐る恐るリチャードに目をやると、こちらもするりと一杯飲み干してしまったところだ。

「どう？　お口に合いましたか、隊長」

アリシアの視線に気づき、リチャードがにっこりと笑う。

アリシアは複雑な表情で黙り込んでから、再びワインに口をつけた。

セルヴィのワインはアルコール度数が高いことや、この国の人々が揃ってアルコールに強いことをアリシアは知らない。それを承知しているリチャードが、隣で笑いを噛み殺していることにも気づかない。

ホールの隅でそうしてちびちびとワインを飲んでいると、何人かの貴族に声をかけられた。多くがリチャードの顔見知りで、揃って隣にいるアリシアの素性を尋ねてくる。そして全員が示し合わせたかのように、美しい、とアリシアを見て溜息交じりに呟いた。

社交界に疎いアリシアとて、それが社交辞令であることはわかる。だからこそ、実際はどう思われているのだろうと考えなくてもいいことを考えてしまう。

リチャードが用意してくれた手袋は、筋肉や傷のついた腕を隠してくれているだろうか。

髪に飾った花は首筋の逞しさをごまかしてくれるだろうか。そして肩にかけたストールは、背中の痣を覆ってくれているだろうか。

そもそも自分にドレスなど、本当に似合っているのかどうか。

「どうしてまた萎《しお》れてるの、アリシア」

いつの間にか視線が足元に落ちていたらしい。横からリチャードに声をかけられ、アリシアはハッとして顔を上げる。束《つか》の間《ま》ではあるが、眠りに落ちる直前のように音楽の音が遠ざかっていた。

慣れない舞踏会の雰囲気に呑まれたところにワインなど飲み、さすがに酔いが回ったか。そんな自分に気づかれまいと背筋を伸ばす。

新しいグラスを手にしたリチャードは、美しい花でも愛《め》でるような顔でアリシアを見下ろし、目を細める。

「そうしていると、しゃんと背を伸ばした百合《ゆり》の花みたいで一層綺麗だ」

アリシアは眉根を寄せて口を開いたものの、またすぐにそれを閉じる。

リチャードに綺麗だと言われるのはこれで何度目だろう。冗談にしては回数が多すぎるような気がした。

本当ですか、と尋ねてみたい誘惑に駆られ、アリシアは眉間の皺を深くする。

（本当だ、と言われたからといって、なんになる……）

女を口説くことなど、リチャードにとっては挨拶をするくらい他愛のないことなのだろう。そもそもリチャードはこれからラクシュマナフの姫君に求婚へ行くのだ。そんな男に少しばかり褒められて喜ぶなんて、どうかしている。

（いや、喜んでいたのか、私は……？）

アリシアの眉間に刻まれた皺は刻々と深くなり、傍目にはひどく不機嫌な表情にしか見えない。リチャードもすっかりアリシアの表情を読み違えたらしく、少しばかり気遣わしげな調子で声をかけてきた。

「本当にそのドレスもよく似合っていると思うんだけど……ドレスは嫌い？　もしかして、ドレスや女性らしいものを避けたくて騎士になったのかい？」

「いえ、別段嫌いなわけでは……」

女らしいものを嫌って騎士になったわけではない。ドレスも純粋に美しいと思う。ただ自分が着るとなると、似合わないだろうという思いが先に立つだけだ。

「だったらドレスを捨てて騎士になったことを後悔したことはないの」

重ねて問われ、アリシアはぼんやりと記憶を手繰り寄せる。最早音楽は人の声に紛れ、旋律を追うことも難しい。それほど自分が酔っていることを自覚することもできない。

「父と同じ騎士になれたのですから後悔はありません」

アリシアは手の中のグラスを見詰めて呟く。グラスの底にはまだ薄くワインが残っていて、赤い面にぼんやりした自分の顔が映っていた。

「父は最初、私を男の子と勘違いして養子にしました。……いえ、養子にするときにはさすがに女とわかっていたのかもしれません。ですが、賊に襲われている私を見たとき、男の子だと思ったと言っていました」

「へえ、子供の頃の君はよほど髪でも短くしていたの？」

「そうらしいです。着ているものも、男の子のような服だったと……」

聞けば母親も粗末な身なりをしていたらしい。そんな二人が質素な馬車に乗り、どんな理由でどこへ行こうとしていたのか、未だに誰もわからないままだ。

ゆったりと相槌《あいづち》を打つリチャードの傍らで、アリシアはグラスに向かって喋り続ける。

「父に引き取られた後、父の妻子の話を聞きました。私を助ける数年前に、二人揃って海で溺れて亡くなったそうです。子供はまだ四歳で、男の子だったと言っていました。ちょうど、父に助けられた私と同じくらいの年でしょう」

「そうか、君のお父上は奥さんと息子さんを亡くされていたのか……」

それきりリチャードは押し黙る。語られるまでもなく、マリオが何を想《おも》ってアリシアを養子にしたのか想像がついたのだろう。

アリシアも何度も考えた。きっとマリオは、自分に亡き息子の面影を重ねているのだろうと。それならば、せめて息子のように振る舞いたいと子供心に思った。だから誰に求められるわけでもなく外を走り回り、快活に笑い、思いつく限りの男の子らしい遊びをした。

女でありながら騎士になる選択をしたのも、その延長だ。

「父はむしろ、私に女らしくあって欲しいと思っていたようです。髪を伸ばすよう言ったのも父です。ですが私が騎士団に入ったときは、少しだけ、嬉しそうでした」

騎士になるようマリオから乞《こ》われたことは一度もなかったが、アリシアはマリオの内なる願いを見抜いた。小隊長として采配を振るアリシアを見るマリオの目は誇らしげで、そのたびに自分の選択は間違っていなかったのだと胸を撫で下ろしたものだ。

後悔はない。当然だ。自ら選んだ道なのだから。

そんなことを思いグラスの中を覗き込んでいると、横からリチャードにグラスを奪われた。あまりにあっけなく手の中が空になり、アリシアはどんな表情も作れないままリチャードに目を向ける。

リチャードは底に薄くワインの残ったグラスを手に、神妙な表情で呟いた。

「君はもしかしたら、パン屋のおかみさんにでも育てられていたら、今とはまったく違った人生を歩んでいたかもしれないな」

あまりにも唐突な「もしも」の話に、アリシアは瞬《まばた》きを返すことしかできない。

いつになく反応の鈍いアリシアを見たリチャードは微苦笑を浮かべ、「水をもらいに行ってくるよ」とだけ告げてその場を去った。

どこからか、涼しい夜風が吹き込んでくる。緩慢に視線を動かすと、テラスへ出る窓が開いていた。テラスに立つ大理石の柱には、バラの蔦《つた》が絡まっている。闇に塗り潰されがちな赤いバラを眺め、アリシアはリチャードの言葉を反芻《はんすう》する。

実際のところ、パン屋のおかみにでも拾われていたらどうなっていただろう。どこにでもいる母と娘のように、母親に髪を結ってもらったり、手製のワンピースを着せてもらったり、一緒にパンなど作ったりしたのだろうか。年頃の娘がそうするように、縫物や食事作りの間に恋の相談などしたのかもしれない。

騎士になり、誰かの花嫁になることなど望むべくもなくなった自分には想像のつかない未来を、酒の力を借りて覗き見る。

(それはそれで幸福な……いや、今が不幸だなどとは微塵《みじん》も思わないが……)

視線を落とすと、足元には清廉な湖のように美しい青いドレスの裾が広がった。母親に「女の子らしくしなさい」とたしなめられて育っていれば、こうしたドレスももう少し抵抗なく着られただろうか。漫然とそんなことを考えていたときだった。

「おや、綺麗なお嬢さんが俯いていらっしゃる。お連れの方はいずこかな?」

横から突然酒臭い息を吹きかけられ、だみ声とともに乱暴に肩を抱かれた。不意打ちに、アルコールの回ったアリシアはすぐに対処できない。

体が傾ぐ。だが騎士の本能で、全身が膝をつくことを拒絶した。戦場で地面に伏すことは死に直結する。

アリシアは素早く身を翻して肩を抱く腕から逃れると、スカートの裾を蹴り上げて足首に仕込んでおいたナイフを手にした。

「ひぇっ！　ナ、ナイフ!?」

凝りもせずアリシアを追いかけようとしていた相手が、ギラリと光る刃に気づいてたたらを踏んだ。その声に反応した周囲の人々の視線が集まる。

アリシアの持つナイフを見るや、女性たちが短い悲鳴を上げた。

こんな小さなナイフで悲鳴を上げるとは大袈裟だ、と思うのは常日頃一メートルを超える剣を振っているアリシアだけだ。見れば無遠慮にアリシアの肩を抱いた男性も青い顔をしている。たるんだ顎がだらしない、マリオよりも年かさの男だ。こんな男に肩を抱かれたのかと思えば嫌悪感が走ったが、それよりも大の男がナイフひとつで蒼白になるのを見て、アリシアもようやく現状を正しく把握した。

ここは貴族の屋敷で、舞踏会の最中だ。ホールに集まったのは紳士淑女ばかりで、不用意に刃物を出したアリシアの方が場を弁《わきま》えていない。

しまったと思ったがもう遅く、アリシアの周囲から徐々に喧騒が引いていく。強い非難を込めた視線を四方から注がれ、アリシアは手にしたナイフのやり場に困った。

人垣の間には隊員たちの姿も見え隠れするが、皆こうした社交の場に慣れていないので、どうやってアリシアをフォローしたらいいかわからないようだ。

賑やかなざわめきが引き潮のように去った後、遠くからじわじわと迫ってくるのは非常識を咎《とが》める憤りの声だ。

一度はアリシアから離れた人々が、今度はじりじりと距離を詰めてくる。どちらを向いても飛んでくる視線は冷たい。自業自得とはいえ、さすがに怯む。

いっそナイフを隠しこの場から走り去ろうかと本気で考え始めたとき、後ろからあっさりとナイフを奪われた。

ハッとして振り返る。武器を取り上げられ、一斉に周囲の人間たちから糾弾される様が頭に浮かんだ。

だが、ナイフの刃先を指先で摘まんで取り上げたのはリチャードだ。

その表情を直視しようとして、背中に冷たい汗が走った。失態を演じた自分をリチャードはどんな顔で見るだろう。さすがに呆れられるだろうか。面倒なことを、と顔を顰めるだろうか。

そんなことを想像するだけで心拍数が上がっていくのはどうしてだ。

闇を宿したようなリチャードの瞳がこちらを向く。その目がゆっくりと眇められた。

徐々に変化していくリチャードの表情を、裁きを待つにも似た気分で見守っていると、リチャードは子供の悪戯現場を発見したような、そこに自分も参加するかのような、楽しげな顔で笑った。

周囲の視線がリチャードに集中する。リチャードは四方から飛んでくる視線をものともせずにっこりと笑うと、シャンデリアの光を不穏に跳ね返すナイフをその手に握り込んだ。

きゃあ！　と周囲で鋭い悲鳴が上がる。リチャードが握り締めたのはナイフの柄ではなく刃の部分だ。女性たちは恐ろしいものを見たように顔を背けたが、アリシアだけはリチャードから一切目を逸らさなかった。

リチャードはナイフの刃を握ったまま、顔色ひとつ変えずくるりと手首を回す。と思ったら、軽く身を屈めてアリシアの鼻先でその手をパッと開いた。

目の前で真っ白な花弁が揺れる。リチャードの手の中から現れたのはナイフではなく、一輪の白いバラだ。

「どうぞお姫様。庭で一番美しく咲いた花です」

純白の花びらを柔らかく重ねたバラを差し出され、アリシアはぎこちなくそれを受け取る。

リチャードが優雅に身を折ると、周囲で小さな溜息が漏れた。

ぱちぱちと、まばらな拍手が辺りから起こる。顔を背けていた婦人たちもリチャードに視線を戻したらしく、拍手の音が大きくなった。

最後は楽隊の音楽をかき消すほどの拍手とともに、リチャードの周りに人垣ができた。

「これはリチャード王子にしてやられた、余興にマジックを仕込まれていたとは」

アリシアの肩を抱いた酔漢が豪快に笑えば、それを押しのけるようにして年若い婦人がリチャードにすり寄ってくる。

「でも驚きましたわ、本物のナイフかと思いましたもの」

「実に鮮やかなものですなぁ。幻術師も形無しではないですか」

次々とかけられる称賛の声に、まさか、とリチャードは肩を竦《すく》める。

「素人《しろうと》のお遊びですよ。ご婦人方は驚かせてしまって申し訳ありません」

笑顔で如才ない返事をして、リチャードはアリシアの肩を抱いた。

「では余興はこのくらいにしておいて、私たちはお先に失礼します」

このときばかりはアリシアもリチャードの腕を振り払おうなどとは思わず、ぎくしゃくと腰を落として皆に礼をした。

ホールを出るとすぐに隊員たちも集まってきた。リチャードはアリシアの肩を抱いたまま彼らを労《ねぎら》う。

「今夜はもう部屋で休むだけだから、皆も戻っていいよ。屋敷の警護は完璧だから、今日くらい俺の部屋の前に寝ずの番を立てなくてもいいだろう、アリシア？」

「……はい、お気遣い感謝します」

衆人の目から解放され、ようやくまともに声が出た。そのことにアリシアはホッとする。少なくとも、隊員たちの前でこれ以上無様な姿を晒さないで済んだ。

「王子は私が部屋までお送りする、皆は下がっていい」

固い声でアリシアが告げると、隊員たちは一礼して与えられた部屋に下がっていった。

彼らの背中を見送って、リチャードはのんびりと言う。

「君もこのまま部屋に戻って構わないんだよ？」

「手当が先です」

おや、とリチャードが片方の眉を上げる。ごまかせるとでも思っていたのだろうか。上着の袖口で揺れるレースに赤いシミがついていることに、アリシアはとっくに気づいていた。

リチャードはアリシアと連れ立って客間へ向かいながら、腕を一振りして袖の奥からナイフを取り出した。

「刃を握ったと見せかけて上着の袖口に滑り込ませたんだ。花は君の髪に挿したものを一輪拝借した。見事なものだっただろう？」

「見せかけたのではなく、実際刃の部分を握り込んだのでしょう」

「一瞬だよ、そんなに強くは握っていないし、深く切ってもいない」

客間に入ると、アリシアは猛然とリチャードの右手を摑んだ。思った通り袖口が血で汚れている。それどころか掌も血で濡れていた。だがリチャードは緩く手を握り、なかなか傷口をアリシアに見せようとしない。

「傷口を見せてください、手当てをします」

「いいよ。もう血は止まっているし」

「メイドを呼んで包帯を持ってこさせます」

「だったらチーフで縛っておくから、それで十分だ」

リチャードが胸ポケットからチーフを取り出す。アリシアがその手からチーフを奪い取ると、リチャードも観念したのかゆっくりと右手を開いた。

リチャードの言葉通り、さほど傷は深くない。出血もほとんど止まっているようだが、傷を負ったのは事実だ。しかもその原因は、自分の不用意な行為にある。

「――……申し訳ありませんでした」

リチャードの手にチーフを巻いて、アリシアは謝罪とともに深く頭を下げた。しかしリチャードはチーフの巻かれた手を開いたり閉じたりして、いつも通り気さくに笑うばかりだ。

「いいよ、手品でとちったのは俺だ。もう少し上手くいくと思ったんだけど……」

「ですが、私がナイフなど持ち出さなければ」

「気にしなくていい。あのオッサンが君に抱きつくところは俺も見てた。あれはナイフくらい向けてやってもいいよ」

「……っ、なぜ許そうとするのです！　私の不手際です！」

気がついたら声を荒らげていた。リチャードが庇おうとしてくれているのはわかるのだが、ふがいない自分に腹が立っておとなしく引き下がれない。

リチャードは突然の怒声に驚いたのか、軽く両手を広げてから思案気に天井を見上げた。

「だったら、罰が必要?」

「……できれば、罰してください」

「難儀な性格だね。でも……わかった」

優しいくらいの声で呟いたと思ったら、リチャードが急に身を屈めてきた。

目の前にリチャードの顔が迫る。部屋の隅にろうそくを数本立てただけの客間は、シャンデリアが瞬くホールとは打って変わって薄暗い。

仄暗《ほのぐら》い闇の中で、リチャードは悪戯っぽく笑った。

「だったら、君からキスをしてくれないか」

飛び切り明るい調子で言って、リチャードは自分の唇を人差し指で叩く。

「そうしたら許してあげる。美女にキスしてもらえば俺もよく眠れるだろうし」

「わ、私は、本気で謝罪をしたいと……っ」

「俺だって本気だ」

闇の中でするりとリチャードが目を細めた。声から少し、ふざけた調子が剝《は》がれ落ちる。

まだ暗闇に目が慣れていないせいか、リチャードの体が一回り大きく膨らんだように見えた。唐突に、目の前にいるのは自分とは性別の違う男性なのだと意識する。

無自覚に怯んだ表情を浮かべてしまっていたらしい。リチャードはいち早くそれに気づいたようで、道化た仕草で自分の頬を指で突いた。

「唇が無理なら頬でもいい。お休みのキスをくれたら、それで全部許すよ」

そもそも怒ってすらいない顔でリチャードは笑う。

気遣われている、と思ったら、アリシアの負けん気の強さが顔を出した。

慣れないワインなど飲んでいたせいもあっただろう。少しだけ気も大きくなって、アリシアはリチャードの上着の胸元を掴むと、有無を言わさずそれを引き寄せた。

リチャードの驚いた顔がアップになって、アリシアは思い切って背伸びをした。固く目を瞑《つぶ》り、リチャードの唇に掠めるようなキスをする。

踵の高い靴を履いていたことを失念して、少しだけよろけてリチャードから一歩離れる。唇にはまだ柔らかな感触が残っていて、アリシアはリチャードを見られないままぼそっと呟いた。

「こ……これで、よろしいですか」

尋ねてみたが、リチャードからは一切の反応がない。身じろぎする気配すら皆無だ。

キスをしろと言われたのでそうしたのだが、もしや冗談だったのだろうか。

今さら不安になって頬を引き攣らせたアリシアを、突然リチャードが力一杯抱き寄せてきた。

「アリシア、君は本当に予想もつかないことばかりする！」

そう言ってアリシアをぎゅうぎゅうと抱きしめるリチャードは、どうやら笑っているらしい。何が楽しいのか大きな体を目一杯屈め、アリシアの首筋に顔を埋《うず》めてぐりぐりと頬を押しつけてきた。

「顔が真っ赤だよ、アリシア。可愛いなぁ、こんなことで照れて」

「て、照れてなどいません。私はただ、謝罪のために」

「そんなに怖い声を出すくせに、少しだけ唇が震えてるあたりが、もう」

「騎士がこの程度のことで震えるなど！」

「普段はあんなに凜々しく馬を駆ってるのに。あーもう、可愛い可愛い」

「それ以上の侮辱は王子といえども許しません！」

「だったらもう一度できるかい？」

リチャードはわざとこちらを煽るようなことを言っている。わかっているのに、今日はどうにも冷静でいられない。アルコールが常識の範疇《はんちゅう》を少しずつ拡大する。

アリシアは据わった目でリチャードを押しのけると、もう一度背伸びをしてリチャードに口づけた。

軽く重ねて離すだけの、ごく軽いキスだ。慌てて飛びのくとまたからかわれそうなのでゆっくりと踵を下ろしたら、至近距離でリチャードと目が合った。

リチャードが吐息だけで笑って、同じくらいゆっくりとした動きでアリシアの唇を追いかける。

避けようと思えば、いくらでもできた。だがそれができなかったのは、やはり酔っていたせいだろう。アリシアはそう思うことにする。

互いの唇が重なり合う。優しく唇を啄《ついば》まれ、アリシアはそろりと目を伏せた。手のやり場がわからずスカートの裾を握り締めていると、リチャードにそっと抱き寄せられた。

野生の動物を怯えさせないよう、細心の注意を払って懐に入れるような仕草だった。アリシアの背中を引き寄せる腕は力強く安定感があるのに、腰に添えられた手には不必要な力がこもっていない。大きな木の根に抱きかかえられているような気分だ。

唇をとろりと舐《な》められ、アリシアは小さな吐息を吐いた。

旅の初日、宿でリチャードに唇を奪われたときはこんな気分にならなかった。

腹の底からふつふつと湧いてくる怒りや焦りが、今はない。

（……前回と、違う）

唇の隙間をリチャードの舌先がなぞる。うっすらと目を開くと、間近にあるリチャードの目元が見えた。リチャードも目を開けて、視線だけで「駄目？」と尋ねてくる。決定権はアリシアにあるらしい。

不覚にも、笑ってしまいそうになった。一国の王子が浮かべる表情とも思えない。

リチャードの子供っぽい仕草に毒を抜かれ再び目を閉じると、唇の隙間をリチャードの舌が割って入ってくる。

「ん……」

口内をゆるりと舐め上げられ、鼻から抜けるような声が漏れた。掠れて甘いそれが自分のものだと、アリシアはすぐに認識できない。遠ざかっていく楽団の音色のように、自身の声もどこか遠くで聞こえる。

「……ぅ、ん……っ……」

息継ぎをしようとして首を反らしても、リチャードの唇が追ってくる。逃げようとすると咎めるように唇を甘噛みされ、アリシアの心臓がギュッと締めつけられたようになった。

歯列を割って入った舌が、アリシアの舌先をチラチラと舐める。誘われるままわずかに舌を差し出すと、待ち構えていたように深く絡みついてきた。

温かな波に呑み込まれるのに似て、背中にぞくりと震えが走る。体の関節がゆるゆると緩んでいくようで、足元が覚束《おぼつか》ない。夜が深まるにつれ室内は冷えていくはずなのに、どうしてか吐き出す息が熱かった。

キスの角度を変えられ、幾度も舌を搦《から》めとられると、何度となく背中に甘い痺れが走った。リチャードの指先が背筋を撫で下ろし、痺れは腰骨にまで到達する。

リチャードに唇をとらわれ、自分より大きな体に抱きしめられて、これが世の女性たちのしていることなのだろうかとアリシアは頭の片隅で思う。

騎士を目指してからというもの、男性は常にライバルだった。甘えることも助けを求めることもなく、蹴落とされぬよう必死になるばかりで思慕の対象にもなり得ない。

恋愛など自分には一生縁のないものだと思っていたし、こうして女として扱われることもないと、半ば諦めていたのだが。

(諦めるなんて、まるで本当は望んでいたような——……)

長く胸の底に押し込めていた本音が、今日に限って顔を覗かせる。駄目だ、と軽く頭を振ってアリシアはリチャードから顔を背けた。

ようやく唇は離れたが、リチャードはアリシアを抱く腕を緩めない。それどころか唇はアリシアの頬に移動して、そのまま下に滑り落ち首筋へと至る。

「あ……っ、ん、何を……っ」

またしても背中にさざ波のような痺れが走り、アリシアは力なく首を竦めた。

リチャードはアリシアの顎に唇を滑らせると、互いの吐息も混ざり合うほどの近距離からアリシアの顔を覗き込む。

「……アリシア、君に出会ってから、俺は君に目を奪われてばかりだ」

ろうそくの暗い橙色《だいだいいろ》がリチャードの瞳を照らす。その声は旅に出て以来ついぞ耳にしたことがないほど熱を帯び、低い。想いの強さがそのまま熱量になったようで、空気越しに伝わってくるそれにアリシアは睫の先を震わせる。

「初めて目を奪われたのは、君が兜を脱いだ瞬間だった。金色の髪が鎧の上を流れ落ちて、かき上げた髪の下から現れたのは彫像みたいに完璧な美貌で、目が離せなかった」

囁きながら、リチャードがアリシアの腰を撫で下ろす。くすぐったいような、腰骨の奥が疼くような感触にアリシアはわずかに身をよじった。

リチャードの唇が移動して、耳朶に熱い吐息がかかる。

「キスをして、泣かれたときも驚いた。怒られるのは覚悟していたけれど、泣いてしまうとは思っていなかったから」

ごめん、と囁きリチャードが耳の端を口に含む。耳に触れられただけなのに、どうしてか体の中心がぐずぐずになった。真っ直ぐ立っていられない。

「鎧を脱いでドレスに着替えた君を見たときは、息が止まるかと思った。神々しくすらあったよ。舞踏会で君を人目に晒すのを躊躇《ちゅうちょ》したくらいだ」

戯言だ。いつものように聞き流せばいい。そう思うのに、体は逐一リチャードの言葉に反応して、心臓が速く脈を打つ。全身をアルコールが駆け巡り、いつまで経《た》っても酔いが冷めない。体は熱くなる一方だ。

「今もそんなに蕩けそうな顔をされて、どうやって目を逸らせばいいのかわからない。君は思いがけない顔ばかりする」

「こ、心にもないことを……」

「本心だ。君はとても美しくて、魅力的だ。俺がどれだけの理性をかき集めてこの場に踏みとどまっているか、わからない？」

耳朶に軽く歯を立てられて、アリシアは切なく眉根を寄せた。痛いのでもくすぐったいのでもなく、体を内側からじりじりと火であぶられるようなこの感覚はなんだろう。底のない沼に足を呑み込まれていくようで、アリシアはリチャードの胸を押しのけた。

「口先だけなら、なんとでも言えます……」

「だったら態度で示せとでも？　男を甘く見て軽率なことを言うと怖い目に遭うよ」

耳の襞を舌が這《は》う。腰を撫でる手つきが前より大胆になった。

それでもアリシアは、どうせ脅しだと心の中で吐き捨てる。無骨な鎧をまとう自分を綺麗だなどと、本心から口にする男がいるとも思えない。崩れそうになる足をなんとか踏み締め、リチャードを睨み上げる。

「できるものなら、遠慮なさらずにどうぞ」

ここまで言えばリチャードも、冗談だよ、と弱り顔で両手を上げると思っていた。

それほどまでにアリシアは、自分の容姿も魅力も正しく理解していなかったのだ。

窓は閉まっているはずなのに、どこからか吹き込んだ風がろうそくの炎を揺らした。瞳の中に炎の揺らめきを宿したリチャードが、アリシアの顔を覗き込む。その顔は弱り果てていなければ、いつものように太平楽に笑ってもいなかった。

「——誘ったのは君だ」

牙《きば》を持つ獣が喉の奥で唸《うな》るような声で言ったかと思うと、リチャードがアリシアを横抱きにする。アリシアの爪先が宙に浮き、ものの数歩でベッドの上に下ろされた。

ドレスを纏った体がベッドに沈み込む。その上からリチャードがのしかかり、二人分の体重を受けたベッドが鈍く軋《きし》む。

起き上がろうとしたが、腕にシーツとドレスの裾が絡みつき、波に引きずられるようにベッドに引き戻された。体勢を立て直す前にリチャードに背中をかき抱《いだ》かれ、深く唇を貪《むさぼ》られる。

「ん……っ、んん……っぅ」

熱い舌が口内を蹂躙《じゅうりん》する。逃げようとすれば荒々しく搦めとられ、顔を背けようとすると後ろ頭をシーツに押しつけられた。

「ん……っ、ぅ……」

舌のつけ根が痛むほど強く吸い上げられ、境界線を消そうとでもいうかのように何度も舌を擦りつけられた。

ワインの名残か、リチャードの舌は熱い。絡まり合った舌先から溶かされてしまいそうだ。現に体の内側から、溶けた何かが溢れそうになっている。

自分自身に起こっていることが理解できぬまま、次第にアリシアの抵抗は弱くなっていく。

髪が乱れ、リチャードが髪に挿してくれた花がばらばらとシーツの上に散った。辺りに花の香りが漂い、熱い体がシーツに沈み込む。

「……いつの間にそんなに酔ってたんだい」

キスの合間にリチャードが囁く。長い指がアリシアの顎を撫で、喉元に滑り下り、鎖骨の間を通り抜けた。

「……酔ってなど……」

「自覚もできないんじゃ重症だ。ほら、心臓もこんなに大暴れしてるのに」

リチャードの指がドレスの上から胸のふくらみに触れる。布越しに触れられただけなのにアリシアの背中が緩やかな曲線を描いた。

「息が荒いよ、慣れないコルセットが苦しいんじゃないの？」

からかうような口調で言って、リチャードがドレスのボタンを外し始めた。

アリシアの髪を花で飾ったり、手の中のナイフをバラの花へ変えてしまったり、リチャードは思いがけず手先が器用だ。縦に並んだボタンはあっという間に外され、コルセットのボタンにまで指がかかる。

「や……やめてください……っ」

「本当に嫌なら抵抗してくれ。君ならできるだろう、隊長？」

言葉の途中もリチャードの手は止まらず、とうとうコルセットまで外された。胸を締めつける圧迫感が消えた代わりに、素肌が夜気に晒され身が竦んだ。リチャードの手はためらいもなくアリシアの豊かな双丘に触れる。

息を呑んでリチャードを見上げれば、闇の向こうからすっかり笑みを消した顔がこちらを見ていた。

「言ったろう、誘ったのは君だ。ちょっとやそっとの抵抗で逃がしてあげられるほど、俺も余裕があるわけじゃない」

射抜くような鋭い眼差しにぞくりとする。大きな掌で胸をまさぐられ、アリシアは視界が歪《ゆが》んでいくような錯覚を覚えた。

「あ……や……」

「……逃げないんだね？」

リチャードの手の中で柔らかな胸が捏《こ》ね回される。その下で、心臓が暴れ回っているのがわかる。リチャードを突き飛ばしてでも逃げなければと思う気持ちは、胸の先端を指先で弾《はじ》かれる未知の刺激にもろくも砕け散ってしまった。

「ひ……っ、ぁ……」

胸の尖りから全身に甘い振動が走って、アリシアは背中を仰《の》け反《ぞ》らせた。リチャードはアリシアの胸に顔を寄せ、指先で先端を弄《いじ》りながら囁く。

「感じやすいんだね、もう硬くなってる」

敏感な場所に息がかかってアリシアは体をびくつかせる。リチャードは焦《じ》らすように先端に幾度か息を吹きかけると、そろりとそこに舌を這わせた。

「あっ、や、やめ……っ……あぁ……っ」

一方の胸を掌で捏ね回し、もう一方に唇を寄せたリチャードはアリシアの制止を聞き流し、先端をざらざらと舌で舐め上げる。さらに舌先を尖らせ円を描くようにして、唇で挟み柔らかく吸い上げた。

「あ……あ――……っ」

アリシアは頤《おとがい》を戦慄《わなな》かせる。触れられてもいない腰の奥が熱くなり、体の深いところから甘い蜜《みつ》が溢れてくる。体験したことのない感覚に驚き戸惑い、アリシアは弱々しくリチャードの肩を押した。

「い……いい加減に……っ……」

「君こそ、抵抗するなら本気でしたほうがいい。それじゃあ抵抗のうちにも入らない」

アリシアの胸に唇を寄せたまま、リチャードはアリシアのスカートの下へ掌を滑り込ませる。ドロワーズの上から秘所に触れられ、アリシアは目を見開いて脚を閉じようとした。

アリシアは普段鎧の下に、ドロワーズよりも丈の短い、男性が穿くような下着をつけている。慣れない下着姿を見られるだけでも羞恥で息が詰まりそうなのに、リチャードの指はさらに下着の奥にまで忍び込む。

そこはすでに蜜を滴らせており、アリシアは思わず両手で顔を覆った。

「もう……っ、やめてください……っ……」

「どうして？　君の体はもう準備が整っているみたいだけど」

リチャードの指がゆっくりと媚肉《びにく》を辿る。その指は奥から溢れてくる蜜ですぐに濡《ぬ》れ、ぬるついた感触をアリシアに伝えてくる。体の反応はごまかしようがなく、アリシアは掌の下で唇を噛んだ。

リチャードの指は柔らかな肉をかき分け、その奥にある花芯《かしん》にそろりと触れる。鋭敏な場所を優しく撫でられ、アリシアの体がびくりと跳ねた。

初めて他人から与えられた快感は、一瞬痛みと間違えるほどの鋭さで全身を貫く。その直後、下半身に震えるほどの快感が広がった。

「あ……っ、あ、あぁ……っ」

「ほら、気持ちがいいだろう？」

「ちが……っ、違います……っ！　や……ぁん……っ」

「そうかな、腰が揺れているようだけれど……？」

体の反応とは裏腹なことを言うアリシアを咎めるように、リチャードが指の腹で優しく花芯を擦り上げる。芯の硬さを楽しむかのような手つきに、アリシアは堪えようもなくシーツの上で身をよじらせた。

リチャードはごく柔らかな力で触れているようなのに、そこから生じる快感は時間を増すごとに濃厚になっていく。

際限のない快楽に襲われ、アリシアは息すら殺して唇を噛んだ。口では否定しながらも、与えられる快感を甘受している自分が憎い。充血した花芯をぬめる指先で刺激されると、ぴたりと閉じたはずの膝から力が抜けてしまう。

「ほら、もうとろとろだ」

体を起こし、わざとアリシアの耳元で囁いてリチャードはさらに奥へと指を進める。熱く絡みつく襞がかき分けられ、蜜の滴る隘路《あいろ》がゆっくりと押し開かれた。

「あ……あっ……あ……」

どれだけ体が過敏になっているのか、押し入ってくる指の節の形さえわかるようだ。内壁を擦られると、腰の奥が重く、熱くなる。

「こんなに濡れていたら、痛くはないかな……？」

耳元でリチャードが小さく笑う。淫蕩《いんとう》さを指摘されたようで耳の端まで赤くなったが、長い指をゆっくりと抜き差しされる感触に、否定の言葉も甘く溶けた。

「あ……い、や……嫌です……っ」

「でも君の中はねだるみたいに俺の指に絡んでくるよ。もっと奥がいい……？」

「や、あ……あぁ……っ」

指のつけ根まで呑み込まされ、圧迫感に心臓まで押し上げられそうになった。

先程までリチャードに触られていた花芯が疼《うず》く。夜気に晒された胸は張り詰めて、先端が尖ったままだ。秘所から溢れる蜜は量を増し、もう一本指を増やされゆっくりと抜き差しされても、痛みすら感じない。下半身がぐずぐずに溶けてしまったようで、膝が開く。

「鎧の下に隠していた体が、こんなに感じやすいとは思わなかったな」

リチャードが感じ入ったような声を上げる。アリシアとて、自分の体がこんなにも快楽に従順だとは思っていなかった。

「わ……私は、騎士です……」

両手で顔を覆ったまま、弱々しく掠れた声でアリシアは呟く。

騎士を志した時点で女らしさなど捨てたつもりでいた。それなのに、リチャードの手でこんなにも乱されてしまう自分が信じられない。

騎士の誇りを思い出すことでアリシアは理性を取り戻そうとするが、リチャードはそれを阻むように一層アリシアを快楽の渦に引き込む。隘路に指を埋めたまま、膨らんだ花芯を親指で撫でてきた。

「ひ……っ、あ……っ、あぁ……！」

爪先から脳天へと駆け上がるような快感に、アリシアは全身を戦慄かせた。蕩けた肉筒の中でリチャードの指が蠢《うごめ》いて、柔らかな肉がそれを締めつける。硬い指の感触がより鮮明になって、アリシアの喉から甘い悲鳴が漏れた。

「騎士である前に、君はひとりの女の子だ。どうして自分の行動を制限しようとするんだい？」

たっぷりと蜜を纏わせた指をリチャードがぬぷぬぷと抜き差しする。同時に指先で陰核を転がされ、アリシアはがくがくと全身を震わせた。

「昼間は凜々しい騎士なのに、夜はこうして快楽に従順になる君は本当に素敵だ」

囁いて、リチャードがアリシアの喉元に口づける。アリシアは顔に押しつけていた手をずらすと、その隙間から悔し紛れにリチャードを睨みつけた。

「褒め言葉のつもりですか……！」

アリシアにとっては侮辱に近い言葉だ。それが事実なだけに自己嫌悪にも陥る。

アリシアの押し殺した声と鋭い視線に気づいたのか、アリシアの顔を覗き込んだリチャードが小さく笑った。

「ようやくいつもの君だ」

どことなく嬉しそうな顔で言って、リチャードが片手を伸ばす。アリシアの頰を掌で包んだリチャードは、しばらくじっとその顔を見詰め、吐息交じりに囁いた。

「……俺はそういう君が欲しい」

空気より軽い、と思っていたリチャードの言葉が、このときばかりは真実を含んだ重さを伴っている気がしてアリシアは息を詰める。下らない、と切って捨てる言葉が遅れ、その隙にリチャードに深く口づけられた。

リチャードは貪欲《どんよく》にアリシアの舌を搦めとり、欲望の深さを見せつけるように強く吸い上げる。唇の隙間から漏れる息は互いに荒く、まるで恋人同士が相手を求め合っているようなキスにアリシアは酩酊《めいてい》した。

この程度の口説き文句、リチャードはさんざん言い慣れているのだろう。頭の片隅で思うのに、体が思うように動かない。衣類しか隔てるものがないくらい密着したリチャードを、押しのけることさえできなかった。

唇が離れると、アリシアは潤んだ目で切れ切れに呟いた。

「……ワインさえ飲まなければ、貴方など――……」

ほとんど負け惜しみだ。リチャードの告白を素直に受け入れることはできないが、この状況で冷静さを取り戻すことも難しい。せめてすべてをアルコールのせいにすることしかできなかったアリシアの強情さを、リチャードは甘く笑って許してしまう。

「そうだね、君は酔っているから、仕方がない」

言うが早いかリチャードは自身が身につけていた上着やシャツを脱ぎ落とし、一糸纏わぬ姿になってしまう。とっさに目を逸らしたアリシアからも手早くドレスを脱がせると、リチャードはきつくアリシアを抱きしめた。

「あ……」

リチャードの広い胸に乳房を押しつけ、アリシアは短い声を上げる。広い肩も硬い胸も、リチャードの体は余すところなく熱い。全身で感じる他人の体温は思いがけず心地よく、互いの体温が混ざり合うのに陶然とした。

「……こんなに華奢で柔らかい体で男どもと渡り合ってきたんだから、尊敬する」

アリシアの体に掌を滑らせながら、リチャードは独り言のように言う。

本当に、ただ思ったままを口にしたのだろう。気負いもなく呟かれたその言葉に、アリシアの中で何かが弾けた。

前例もないまま無理やり騎士団に入った自分を敬遠するものは多くいたが、尊敬するなどと言ってくれた人物は初めてだった。マリオにすら言われたことのない言葉だ。

アリシアが騎士になることを反対していた手前、表立って褒められないマリオの心境は理解していたし、それを望んだつもりもなかったが、アリシアは心臓を素手で握り込まれた気分になる。

リチャードの腕の中で、まだ幾許《いくばく》か緊張して固くなっていたアリシアの体がほどけた。柔らかく凭れかかってくるアリシアの体を、リチャードがベッドに押し倒す。

「アリシア、君が欲しい」

耳元で囁くリチャードの声は低く、乱れた息遣いが伝わってきた。

全身でリチャードの重さを受け止め、アリシアは震えた息を漏らす。心臓が、かつてなく速く脈打っている。体を勢いよく巡る血潮と一緒に、味わったことのない感情が全身を駆け巡っていく。

その気持ちに名前をつけられないまま、アリシアは返事の代わりに黙って目を閉じた。

リチャードがアリシアの脚を抱え上げる。濡れてひくつく受け口に添えられた切っ先は、思わず腰が引けるほどに熱い。

リチャードも自分の欲望をコントロールしようと必死らしい。顎先から汗が滴って、アリシアの胸の上に落ちた。

昂《たか》ぶった屹立《きつりつ》が蕩けた肉を押し開き、亀頭が狭い入り口を潜り抜ける。

鈍い痛みにアリシアの呼吸が忙《せわ》しなくなった。それに気づいたのか、リチャードは浅い抜き差しを繰り返す。

入り口を行きつ戻りつするその動きが、アリシアには焦れったい。

どうせ痛むのならいっそ最後まで貫いて欲しい。痛みを与えられればいつもの冷静さを取り戻すこともできるかもしれない。長々とリチャードの下で快感に狂っているくらいなら、熱く疼く体に冷や水をかけるような痛みを与えられた方がましだった。

アリシアはリチャードの首に自ら腕を回すと、それを自身の方へと引き寄せた。

「——王子、一太刀に」

乱れた息の下から告げると、リチャードが驚いたように目を見開いた。仮にも生娘《きむすめ》が口にするとも思えないそれは、アリシアの精一杯の誘い文句だ。

それが伝わったのか、リチャードの口元に挑むような笑みが浮かんだ。

「……こんなときでも君は騎士だな」

リチャードの顔に、欲望を隠しきれない雄の表情が浮かんだ。それに目を奪われた隙に、硬くそそり立つものが狭い隘路にねじ込まれる。

「ひっ……あ、あぁ……っ！」

骨が軋むような痛みにアリシアは体を仰け反らせた。

日頃武術に親しんでいるため痛みには慣れているつもりだったが、これはまったく性質が違う。

体の内側を苛む痛みから少しでも気を紛らわそうと、アリシアはリチャードの首にすがりついた。

「君の中、熱くて溶けそうだ」

余裕を失った声で呟いて、リチャードがアリシアの脚を抱え直す。最初はゆったりとした動きが、次第に大きく、力強くなっていく。

「あっ、あ……っ、ひ……ぁっ」

狭い場所を押し開かれる痛みと、その下からにじみ出る疼きにアリシアは爪先を丸めた。

リチャードに腰を打ちつけられるたびに、体の奥深いところで何かが蠢く。滑らかに熱い切っ先で内壁を擦り上げられると、肌の表面がざわめくようだ。

「あ……あ……あぁ……ん……っ」

グッと下半身に力を入れると、体の奥の微《かす》かに疼く場所に先端が当たった。びくりと顎を上げたアリシアの喉元に、リチャードが噛みつくようなキスをする。相手の興奮がアリシアにも伝染して、体の深いところに潜む疼きが大きくなった。

アリシアの声から痛みが薄れ、徐々に快楽に染まっていく。その声に応えるように、リチャードは大きなストロークで腰を突き入れ、蜜壺《みつつぼ》の中をかき回すように腰を回した。

「あっ、あぁっ……！」

「こうされるの、好き？」

「そ、ういう、わけでは……ぁっ……」

「こんなに締めつけてくるのに……？」

乱れた息の下でリチャードが笑う。睨みつけようとするとまた腰を回され、目を開けていることもままならなかった。腰骨が軋むような鈍痛と、その下からじわじわとにじむ快感の予兆に翻弄《ほんろう》される。

痛みから逃れようと、アリシアは覚えたばかりの微かな快感にすがりつく。花芯を嬲《なぶ》られるときの直接的な快楽とは違う、体の奥底で蠢くそれを捕まえようとすれば、体が勝手にリチャードの動きに寄り添った。

　リチャードが腰を引くと、柔肉が無意識に追いかける。もっと奥まで、と貪婪《どんらん》に追いすがるそれに、リチャードの腰の動きが速くなった。

「……っ、アリシア、君は……本当に——……っ」

　リチャードが切れ切れに何か呟いているが、荒い呼吸音と激しい心臓の音にかき消されてよく聞こえない。

　思考回路が焼き切れそうだ。抱き寄せたリチャードの体が汗ばんでいる。嵐《あらし》の海に投げ出された小舟のように、他に頼るものもなくリチャードにすがりついていると、リチャードがアリシアの胸を鷲摑《わしづか》みにしてきた。

「あっ……！　や、んんっ……！」

　柔らかな乳房を揉《も》みしだかれ、少し乱暴なくらいのそれにジンと腰が痺れた。そんな自分の反応に戸惑って抗議の声を上げようとすれば、深く口づけられて呼吸もままならなくなる。

　手の中で形が変わるほど乳房を捏ね回され、下から力強く突き上げられて、リチャードを受け入れた部分がびくびくと収縮した。最初は翻弄されるばかりだったキスも、いつしか夢中になって自ら舌を差し出せば、リチャードに強く吸い上げられる。

「ん、ん……っ、あっ……ぁん……！」

　キスが終わってしまえば声を殺すことすらできない。硬い切っ先で内壁を抉《えぐ》られ、アリシ

アは背中を弓形にする。内腿《うちもも》が痙攣《けいれん》して、目の前が真っ白になった。

耳元で、リチャードが息を呑む気配がした。深々と突き立てられた屹立が、収縮を繰り返す肉壁に欲望の証《あかし》を叩きつける。

見開いた目で、アリシアはチャードの影が天井でゆらゆらと揺れる様を見た。

影は次第に大きくなり、天井全体を塗り潰して、アリシアの視界を呑み込んでいく。

何も見えない、と思うより早く、アリシアは意識を手放していた。


フィレーニを出て四日目。アリシアたちはラクシュマナフの隣国であるウルカウニへ入国した。

出発から晴天続きだった旅路だが、国境が近づくにつれ天気が崩れ、国境を越える頃には空が灰色に塗り潰された。そんな天候のせいもあり、ウルカウニに入ると格段に体感温度が下がった。

黒く冷え冷えとした荒涼な大地を、馬に引かれた馬車が行く。

ウルカウニは峻厳《しゅんげん》な山が多く、山陰に入りがちな大地は痩《や》せて、農作に向いていない土地柄だ。国土の一部は海に面しているものの、荒い海流の影響で船を出すのも難しい。

農作物も漁獲も乏しく、取り立てて特産品と言えるものもない。国全体がどことなく暗く、治安もあまりよくなかった。

それがゆえに、ウルカウニ国王への謁見を済ませて宿へ向かう途中も、アリシアたち護衛は気が抜けない。昼日中でも強盗や追い剝ぎが頻発する国だ。

アリシアは普段通り、馬車の一番近くに馬をつけていた。

その視線は用心深く周囲を警戒しているが、ときどきフッと意識が浮遊する。騎士にあるまじきことだが、原因はよくわかっていた。

今もその原因が、馬車の窓から顔を覗かせる。

「アリシア、少し馬を休ませたらどうだい？　君も疲れているようだし」

リチャードが、朝からもう何度目になるかわからない労いの言葉をかけてくる。その口調はからかいを含んだものではなく、むしろ本気で心配しているようだ。昨晩のことを気遣っているらしい。

アリシアは目元を保護するバイザーを限界まで深く下げ、リチャードを一瞥《いちべつ》する。

「……結構です。窓から顔を出さないでください」

「額を弓で射られてしまうかもしれないから？」

「自国ではありませんから、十分あり得る話でしょう」

「君が矢をつがえる可能性もあるしね？」

今までのアリシアなら、その通りだ、と冷ややかに返すこともできたのだが、今日はどうにも調子が悪い。口を半分開いたものの言葉にはならず、無言で唇を引き結んだ。

正直なことを言ってしまえば、昨晩あんなふうに抱き合った相手を前に、どんな態度をとればいいのかわからなかった。散々乱れて蕩けた顔を見せた後では、いつもの毒舌も鳴りを潜める。

昨晩はリチャードの腕の中で気を失ってしまい、目を覚ますとすでに明け方だった。

リチャードに後ろから抱き込まれた格好で目覚めたアリシアの動揺は甚だしく、声を上げなかった自分を褒めてやりたいくらいだ。

動揺を殺し、リチャードを起こさぬようベッドを這い出たアリシアは、足腰に残る重だるさをごまかし自室へ戻った。その後、眠れないまでも体を横たえていたので肉体的なダメージはほとんど残っていないが、精神的なダメージは未だに尾を引いている。

「ところでアリシア、今日はまだ君の顔を見ていないんだけど、どこか具合でも悪い？」

なかなか窓から顔を引っ込めようとしないリチャードが凝りもせず声をかけてくる。確かにアリシアは今朝《けさ》から一度もリチャードの前で兜を脱いでいない。

何もかもわかった上で訊いているのかとも思ったが、横目で見たリチャードの顔はやはりアリシアを心底案じている。そういう顔をされてしまうと無下にもできず、アリシアは溜息交じりに答えた。

「……ご心配なく。体調に異常はありません」

「本当に？　疲れていたらどこか途中で宿をとってもいいんだよ？」

「無用です。先を急ぎましょう」

「じゃあさっきから全然こっちを向いてくれないのは、ただの照れ隠し？」

「……照れることなど、何も」

「でも昨日は遅くまで――」

「口を慎《つつし》め、馬鹿王子！」

昨晩のことを蒸し返す気配を見せたリチャードにアリシアは声を荒らげる。

王子に対してとんでもない暴言だが、アリシアがリチャードに怒声を浴びせることは旅の日常風景になりつつある。隊員たちはヒバリの声でも聞くような顔で気にも留めない。むしろ予想外に大きくなってしまった自身の声に動揺したのはアリシアで、すでにこれ以上下がらないところまで下がっているバイザーをさらに深く引き下げた。

リチャードの言葉はズバリ真実を衝《つ》いていて、だからこそアリシアはどんな顔をすればいいのかわからない。

こうしてリチャードの傍らにいると、どうしようもなく、照れる。

リチャードに無理やり手籠《てご》めにされたのならまだよかった。怒りと軽蔑《けいべつ》の眼差しを向ければいい。けれど昨日の場合はどうだ。いくら酒に酔っていたとはいえ、逃げようと思えば逃げられる場面でアリシアはそうしなかった。状況だけ見れば、合意と言われても反論のしようがない。

(昨日の私はどうかしていた……！　酒のせいだ、それだけだ！)

決してリチャードに心を寄せたわけではないと胸の中で繰り返す。その最中も馬車からはリチャードの視線が飛んでくる。素知らぬふりをすればいいものを、チクチクと刺さる視線がどうにも気になり、アリシアはつい顔を半分そちらに向けてしまう。

バイザーに開いた細いアイスリッドから、こちらの目の動きなど見えないだろう。そう高をくくっていたアリシアだったが、リチャードは難なくアリシアの視線を捕まえると、心底愛《いと》おしそうに笑った。

「可愛いなぁ、本当に」

窓枠に頬杖《ほおづえ》をつき、蕩けるような声でそんなことを言う。

鎧の下で、いっぺんにアリシアの体温が上昇した。

「……っ、本当に額に矢じりを埋め込みますよ！　今だってどこから誰が狙っているかわかりません、自重してください！」

「またまた、君までウルカウニの大臣みたいな怖いことを言う」

軽やかにアリシアの言葉を笑い飛ばし、けれどリチャードは少しだけ体を馬車に戻した。

その言葉でウルカウニ国王との謁見を思い出し、アリシアは言葉を呑む。

正確には国王と直接会うことはできず大臣と面会したのだが、ここでもリチャードは馬鹿正直に、旅の目的はラクシュマナフの姫君に求婚へ行くことだと告げた。

国全体が陽気で華やかだったセルヴィの人々はそんなリチャードの言葉を冗談と聞き流したが、ウルカウニの大臣は違った。にこりともせずリチャードを見詰め、無感動な声でこう言ったのだ。

「――死にに行かれるおつもりですか」

ひやりとした大臣の目を思い出し、アリシアはリチャードの横顔を窺う。しばらく迷ってから、前夜の気まずさを押し殺し自らリチャードに声をかけた。

「先程のウルカウニの大臣の言葉ですが……あれは？」

リチャードが少し意外そうな顔でこちらを見る。旅の最中、アリシアからリチャードに話しかけることなど滅多になかったせいだろう。

リチャードの唇が嬉しげに緩む。この程度のことで喜ぶなんて、見ている方が気恥ずかしい。

「言葉の通りだよ。俺が命知らずなことをしてるのは誰の目にも明らかだ」

「……ラクシュマナフの姫君に求婚することが、命知らずなことだと？」

それはそうだ、とリチャードは大袈裟に両手を広げてみせる。

「ラクシュマナフは大帝国だ。半島三国が束になっても敵《かな》うわけがないのに、一番国土の小さなフィレーニ風情が求婚に行くなんて身の程知らずもいいところだよ。皇帝に会うどころか、門番に用件を告げた時点で斬り殺されたって文句は言えないからね」

不穏な話をそうとは感じさせない笑顔でリチャードは語り、アリシアは眉間の皺を深くする。

アリシアとて、最初にリチャードから旅の目的を聞かされたときは正気を疑った。成功する可能性は限りなく乏しく、それでも実行しようというリチャードはまったく状況判断ができないボンクラ馬鹿王子なのだと確信したくらいだ。

だが、実際のところリチャードは正しく現状を理解している。

ならばどうしてリチャードはラクシュマナフへ向かっているのだろう。何か勝算があるのか、はたまた父親である国王から強制されたのか。

俄かに湧き上がってきた不安を抑え込み、アリシアは重ねて尋ねた。

「国王陛下は、今回の求婚についてなんと……？」

「うん？　特には、何も」

窓枠に頬杖をつき、冷たい風に前髪を嬲られながらリチャードはのんびりと答える。

アリシアはリチャードが「なんていうのは冗談だけど」と笑うのを待ったが、ついぞ続く言葉は出てこなかった。

まさか本当になんの意見もなかったのかとアリシアは言葉を失う。

考えてみればリチャードは、国王である父親から旅の無事を祈る銀製品すら受け取っていないのだ。一体国王はどういうつもりでリチャードをラクシュマナフへ向かわせたのだろう。兜で顔が見えなくてもアリシアの動揺は伝わったらしい。リチャードが微苦笑を漏らす。

「ラクシュマナフのお姫様に結婚を申し込むよう提案してきたのは国王だけどね。本人がそれを望んだというよりは、多分周りの人間に焚《た》きつけられたんじゃないかな」

「……周りの人間、とは？」

「筆頭は大臣かな。あとは周りにいる臣下たちだ。俺のことを煙たく思ってる」

なぜ、と直接問いこそしなかったが、リチャードはアリシアの疑問を正しく理解して手招きをする。馬車に近づいたアリシアに少し屈むよう身振りで伝え、声を低くした。

「今のまま酒に溺れていれば、国王はもう長くない」

物騒な言葉にギョッとしてアリシアは目を見開く。慌ててリチャードの顔を見返したが、その顔はどこまでも真剣だ。

「大臣たちはそれを承知の上で国王を酒浸りにさせて、医者に診《み》せようともしない。国王が亡くなったら王位を継ぐのは俺だ。でももしも、旅先で俺が不慮の事故に遭ったら？　国王の傍系である大臣が玉座に座る可能性は高い」

国家を揺るがす謀略めいた発言に慄《おのの》き、アリシアは限界まで身を屈めた。周囲にいる隊員たちの耳に届かぬよう一層声も潜める。

「大臣たちが王子の暗殺を目論《もくろ》んでいるということですか……！」

「いや、そこまで積極的ではないかな。ラクシュマナフの皇帝に無礼を咎められて、その場で斬り殺されれば儲《もう》けもの、程度だと思うよ。無事に俺が国へ戻ったら、外交に失敗したとか難癖つけて国外追放とか……？」

「それでも十分問題です……！　そもそも本当にそんなことのためだけに大臣たちは貴方をラクシュマナフへ送ったのですか⁉」

「あとは国民感情を宥めるためにね。最近さすがに国王の酒乱ぶりが目に余る。国内のインフラ整備も滞りがちだ。だからせめて、帝国との外交は頑張っています、っていうアピールをしたかったんじゃないかな？」

リチャードの言う通り、半島の三国にとってラクシュマナフとの外交は重要だ。あちらさえその気になれば半島制圧など造作もない。ここ十数年の平和は、ラクシュマナフ皇帝の気まぐれでしかないのだから。

もしも本当にリチャードがラクシュマナフの姫君と婚姻関係を結ぶことができれば、少なくともフィレーニは侵攻の不安から解放される。

一方で、それが非現実的な望みであることは誰の目にも明らかだ。フィレーニとラクシュマナフは外交どころか没交渉と言っていい。さわらぬ神にたたりなし、と、フィレーニ側が極力接触を避けてきたからだ。

「……そこまでわかっていて、なぜラクシュマナフへ行くのです」

アリシアは半ば呆然《ぼうぜん》と呟く。周囲の思惑を承知した上で、なお諾々《だくだく》と北へ向かうその本心がわからない。

リチャードも口元の笑みを消し、じっとアリシアを見詰め返した。

漆黒の瞳は、深い海の底に沈む黒真珠に似た静けさを湛えている。

アリシアは初めてその目の奥に、聡明な光を見たと思った。だが。

「だって帝国のお姫様は絶世の美女だって言うでしょ？　せっかく皆がお膳立《ぜんだ》てしてくれたんだから、一目会いに行っておこうかと思って」

「……はっ？」

緊迫した雰囲気から一転して、リチャードがしまりなく笑う。

「そんな深刻な顔しなくても大丈夫だよ。俺だってむざむざ死ぬつもりはない。そのためにわざわざ君たちの隊を護衛に指名したんじゃないか。大臣たちが選んだ隊じゃ、いつ寝首をかかれるかわからないからね」

何も問題ないとばかり平和に笑うリチャードを見て、アリシアは俄《にわ》かに混乱する。

直前まで、すべてを見通すような顔をしていたと思ったら、今度は非常に目先のことしか考えていないようなことを言う。

どこまで真面目に喋っているのかわからず黙り込むアリシアに横顔を向け、リチャードは真剣味のない顔で笑った。

「この旅の間は君たちが守ってくれるから、何も心配してないよ。今はただ、北のお姫様のお目通りを心待ちにしてるだけだ」

リチャードの声音はどこまでも軽やかで、強がりを言っているような気配はない。本当に帝国の姫君に会うのを楽しみにしているのだろう。その横顔を見ていたら、アリシアの胸にふつふつとした怒りが湧いてきた。

「――では、無事ラクシュマナフへ到着するまで、せいぜい馬車の中に身を潜めていてください。どこから矢が飛んでくるかわかりません」

唐突に温度を下げたアリシアの声に眉を上げ、リチャードは冗談めかした調子で言う。

「君が矢を射る可能性もあるし？」

「ええ。この距離ならば外れないでしょう。ゆめゆめお気を抜かれませんよう」

冷淡に言い捨ててアリシアは馬車を離れる。リチャードも苦笑とともに身を引いて、ようやく馬車の窓が閉ざされた。

アリシアは前を見据えて唇を真一文字にする。

やっとぎくしゃくした空気が失《う》せ、普段通りにリチャードと接することができたというのに、胸の中はまったく晴れない。

リチャードの軽薄な言動にはいつも苛々させられてきたが、今回は少し種類が違った。腹の底で、マグマのようなドロドロとした感情が渦を巻く。

（……求婚に向かう途中で別の女を抱くくらい、どういうこともないということか）

リチャードは、アリシアとの情交など忘れた顔で北へ向かう。運よく帝国の姫君と会えたそのときは、昨晩アリシアの耳元で繰り返していたのと同じ口説き文句を囁くのだろう。

アリシアは奥歯を嚙み締める。

大臣たちに煙たがられ、父王にすら顧みられないリチャードに少しでも同情したことを後悔した。ここまで不誠実な男なら当然の報いだ。

（昨日のことも、きっともう忘れてしまっている）

アリシアの頰を優しく撫で、情熱的に口づけ、君が欲しいと熱っぽく囁いたリチャードを思い出し、アリシアは手綱を強く握り締める。

不満渦巻く腹の底に一滴落ちた淋しさに似た感情は、マグマのような怒りに触れた途端蒸発して、アリシア本人にも自覚することはできなかった。


日も暮れる頃、一行は今夜の宿に到着した。アリシアとリチャードには各々《おのおの》個室が用意され、残りの隊員は二部屋を分けて使う。リチャードの部屋はこれまで通り、隊員たちが夜通し交代で警護することになった。

リチャードの姿を見ていると神経を逆撫でされるばかりなので、アリシアは夕食を終えるなり早々に部屋へ戻ってしまう。見張り役は、リチャードが確実に眠っているだろう明け方を担当することにした。

リチャードはいつかのようにアリシアの部屋を訪れることもなく、何事もなく夜は更けていく。このまま朝を迎えるかと思いきや、夜半を過ぎる頃、急にリチャードの部屋の前が騒がしくなった。

警護の順番が回ってくるまで部屋で休んでいたアリシアは何事かと廊下に出る。

見ればリチャードの部屋の前に、隊員に行く手を阻まれる町人らしき男がいた。質素なズボンに外套《がいとう》を着て、擦り切れた帽子を目深にかぶった男だ。

「どうした、不審者か」

アリシアは大股《おおまた》で男の背後に近寄ると、肩を摑んでこちらを振り向かせた。その顔を見て、アリシアは目を丸くする。

「……王子？　なんです、その格好は」

不審者と思われた男は、町人に扮《ふん》したリチャードだ。

リチャードは、降参、というふうに両手を上げて、悪戯がばれた子供のような顔で笑う。

部屋の前を警護していた隊員たちに目を向けると、二人は揃って弱り顔を浮かべた。

「部屋から王子が出てきたと思ったらこの格好で……」

「このまま町へ行くと言うんです。その上目立つから警護は不要だと……」

どうにかしてください、とすがるような目を向けられ、アリシアは沈痛な面持ちで溜息をついた。本当に、次から次へと厄介ごとを持ち込んでくれる王子だ。

アリシアは胸の前で固く腕を組んでリチャードに向き直る。

「本当にその格好で町へ行くおつもりですか。護衛もつけずに」

「そうだね。朝までには戻るよ」

「この国の治安が悪いことはご存じでしょう。外出はお控えください」

「だからこうして変装までしてるんじゃないか。この身なりなら襲われないよ」

リチャードの言う通り、一体どこから調達してきたのかもしれないくたびれた外套と帽子を身に着けた姿は、どう間違っても王族には見えない。とはいえ王子のひとり歩きを黙認できるわけもなく、アリシアは腰に手を当ててリチャードに詰め寄った。

「そこまでして町になんの用です。この国には賭けごとを行うような施設もないでしょう」

「ちょっと野暮用で……」

「それなら私がお供します」

リチャードは困り顔で後ろ頭を掻く。アリシアが鋭い視線で理由を問えば、ようやく言いにくそうに口を開いた。

「だって……デートに護衛を連れていくわけにはいかないだろう?」

その言葉を耳にした途端、険しかったアリシアの顔から表情が抜け落ちた。

思い出したのはセルヴィで会ったマゼラン公の言葉だ。あのとき公は、リチャードがセルヴィだけでなくウルカウニにまで出入りしていると言っていた。

（……本当に、こんな場所にまで女を作っているのか）

そのまめさに呆れると同時に、口の中に苦いものが広がった。腹の底でくすぶっていた怒りに再び火がついて、アリシアは肩に落ちる髪を乱暴に背中へと掬く。

「――わかりました。では、夜明けまでにはお戻りください」

「たっ、隊長……！　王子おひとりで町へ行かせるつもりですか!?」

「仕方がないだろう。王子直々のご要望だ」

慌てふためく隊員にあっさりと言ってのけ、アリシアはリチャードに一礼する。

「くれぐれも身の回りにはお気をつけください。我々はこちらでお帰りをお待ちしております」

さすがにこんなにあっさり送り出されるとは思っていなかったのだろう。目を丸くするリチャードに、アリシアは凍えるほど冷淡な声で言い足した。

「護衛を任されている我々の言葉を無視されるのでしたら、その先の安全までは保障いたしかねます。当然、それも覚悟の上でお出かけになるのでしょう？」

死にたければ勝手にしろ、と言っているのも同然の言い草だ。暴言もいいところだが、リチャードの顔に浮かんだのはやはり華やかな笑みだった。

「それはもちろん。外出中俺の身に何が起こっても、君たちに咎めはないよ」

「当然です。ぜひ国王陛下に宛《あ》て、書面でその旨をしたためてからお出かけください」

「いい考えだね。そうしよう」

喧嘩腰のアリシアに朗らかな笑みを返して部屋に戻ったリチャードは、本当に国王宛《あて》に手紙を書いて、それをアリシアに手渡し宿を出ていった。

「……隊長、本当によかったんですか？」

リチャードの背中を見送りながら、隊員のひとりが不安げな顔でアリシアに尋ねる。

アリシアはリチャードから受け取った手紙を険しい表情で見下ろすと、側にいた隊員にそれを乱暴に押しつけた。

「王子も言っていただろう。私たちに咎はない。今日は全員部屋で休んでいい」

「でも、隊長……」

「最悪の場合その手紙がある。心配するな」

それだけ言い残すと、アリシアはおろおろするばかりの隊員たちを残し自室へと戻ってしまう。ドアが閉まるなり、アリシアは脇目もふらずベッドへ飛び込んだ。

(あの馬鹿王子……！　本当にどうなっても知らないからな！)

隊員たちの手前冷静を装っていたが、限界だ。シーツに顔を埋めたアリシアは、くぐもった声で思いつく限りの罵倒を口にする。だが、その程度のことで胸に淀んだ苛立ちが消えるわけもない。とにかく腹が立っていた。

命がけで護衛をしているこちらの心配をよそに、軽々しく外出するリチャードの馬鹿さ加減が腹立たしい。その上外出の理由は女に会うことだ。馬鹿にしている。

一体どんな女だろう。貴族の娘か。いや、わざわざ町人の格好で出かけたのだから町娘か何かだろう。無駄に手広い。それも腹が立つ。

(昨日は私を抱いておきながら——)

さまざまな罵詈雑言《ばりぞうごん》の間からふいに本音が顔を出し、アリシアは勢いよくベッドから身を起こした。これではまるで、恋人の不貞に苛立っている娘のようだ。

違う、とアリシアは首を振る。そういうことではない。そんなことに苛立っているのではない。断じて違う。ならばなんだと自問して、アリシアはこめかみをひくつかせた。

(違う、私は——職務をまっとうできないことが腹立たしいだけだ!)

アリシアは力技で思考をすり替えると、足音も高く部屋を飛び出した。

その足で宿の主人のもとへ向かうと、事情は後で説明するからと頼み込み、主人から男物の外套と帽子を借りる。先に出ていったリチャードがそうしたように目深に帽子をかぶり外套を羽織ると、アリシアは隊員たちに声をかけることもなくひとり宿から駆け出した。

宿から一番近い町までは一本道だ。月明かりだけを頼りに夜道を走り続けていると、町に着く直前でリチャードの後ろ姿を発見した。アリシアは歩調を緩めると、リチャードから一定の距離を置いてその後をつける。

リチャードは町へ入ると、迷うことなく一軒の酒場に入っていった。アリシアも酒場に近づき、砂埃《すなぼこり》で曇る窓ガラス越しに中の様子を窺う。

カウンターとテーブル席がある店内には、たくさんの男たちがいた。カウンターでは酔い潰れた男が眠りこけ、テーブル席では険しい顔をした男が額をつき合わせて酒を飲んでいる。喧騒に紛れて響いてくるのは低い怒声だ。

セルヴィの華やかな舞踏会と比較するまでもなく、随分暗く乱暴な雰囲気だった。

店内に目を走らせると、リチャードがカウンターの端に腰かけるところだった。カウンターの向こうには化粧の濃い女性店員がいる。見たところ他に女性の姿はないようだ。

(あれが相手か……それとも別の相手がこれからここへ来るのか?)

無意識に考えている自分に気づきアリシアは慌てて首を振る。自分はリチャードの恋人を拝みに来たわけではなく、護衛の任務を遂行するために来たのだ。

アリシアは長い髪を帽子に押し込むと、外套の襟で口元を隠した。どう見ても女性がひとりで訪れるような店とは思えず、女とばれたら嫌でも店内の視線を引く。

馬を駆り遠征に出たことはあるアリシアも、こんな隠密めいた行動をとるのは初めてだ。大きく息を吸って自分を落ち着かせてから、極力音を立てぬよう店のドアを開けた。

途端に中から溢れ出たのは、濃いアルコールの匂いと煙草《たばこ》の煙、そして新たな入店者を値踏みする男たちの視線だ。

店内の客から一斉に視線を向けられ、足の裏が戸口に張りついてしまいそうになった。

立ち止まったら余計に悪目立ちすると、アリシアは無理やり足を動かして店内に入る。

リチャードは入り口に背を向けているのでこちらに気づいていない。その隙に、リチャードが座っている場所から一番離れたカウンター席に腰を下ろした。

煙草の煙に紛れ、アリシアに向けられていた店内の視線もゆっくりと霧散していく。ほっと胸を撫で下ろしたところで、アリシアの前にエプロンをつけた女性が立った。

「ご注文は？」

見上げると、唇にべったりと紅を塗った女性がカウンターの向こうで注文を待っている。

酒を嗜《たしな》まないアリシアは、とっさに昨晩飲んだワインを注文した。たちまち店員の眉が跳ね上がり、妙なことでも言ったかと背筋に冷たいものが走る。

「うちはビールしかないけど？」

「……なら、ビールを」

「はいはい、ビールね」

低く潜めたアリシアの声は、ギリギリ女性のそれと気づかれなかったらしい。

無事注文が通ってアリシアは深く息をついた。些細《ささい》なことでもいちいち緊張する。

カウンターの向こうにちらりと視線を向けると、リチャードは隅の席ですでにビールを飲み始めていた。

普段はナイフとフォークを完璧な作法で扱うリチャードだが、この場では手の甲で乱暴に口元を拭い、だらしなくカウンターに肘をついてダラダラと酒を飲んでいる。本当にリチャードなのか、はたまた本物の町人なのか疑うほどの馴染《なじ》み方だ。

リチャードを視界の端に収めつつ、アリシアは店内の様子を窺う。やはり客に女性の姿はない。となると、これからここにリチャードの待ち人が来るのだろう。店員が目当てなら、カウンター越しにもっと親密そうなやりとりをしているはずだ。

アリシアが入店した後も客足は絶えず、ドアが開くたびアリシアは入り口を振り返る。

そうこうしているうちに、カウンターの向こうから店員がビールを突き出してきた。アリシアは上の空でそれを受け取って、店内に視線を配りながらジョッキを口元へ運ぶ。そのとき、ふいにリチャードが席を立った。

ハッとしてアリシアはジョッキをカウンターに戻す。何気なさを装いリチャードとは反対の方へ顔を向けると、すぐ側に誰かが立つ気配があった。

「隣、いいかな?」

リチャードの声だ。明らかにアリシアに話しかけている。

どきりとしたものの、アリシアはそっぽを向いて何食わぬ顔で頷いた。すぐにリチャードが隣の席に腰を下ろす。

騒がしい店内で、二人の間にだけ沈黙が流れる。アリシアがどきどきと落ち着かない心臓を宥めていると、堪えきれなくなったようにリチャードが噴き出した。

「アリシア、君は本当に予想もつかないことばかりするね」

リチャードが傍らに立った時点で予想はしていたが、やはりばれていたようだ。

観念して、アリシアは仏頂面で振り返る。リチャードは男装したアリシアの姿を爪先から頭の先まで見回して、満足気に唇の端を持ち上げた。

「鎧も似合っていたけど、町人の格好も似合うじゃないか」

「……王子ほどではありません」

「そう？　ありがとう」

嫌みのつもりだったが上手くいかなかった。アリシアの言葉を額面通りに受け取ってリチャードは微笑む。

「他の隊員は来ていないの？」

「いません。私の単独行動です。いくら書面を残していただいたとはいえ、王子に何かあれば隊員たちに累が及びます。隊長の務めを放棄するわけにはいかないと思い行動したまでです」

決してリチャードを案じたわけでも、恋人の顔を見に来たわけでもないと強調すべく、アリシアは一気にまくしたてて再びジョッキを持ち上げた。その手を横からリチャードが摑んで止める。

ふいに相手の体温を感じてしまいドキリとして動きを止めると、リチャードは唇に笑みを残したまま、潜めた声でアリシアに尋ねた。

「アリシア、旅に出るとき誰かから銀製品は預かった？　今も持ってるかい？」

優しい笑みとは裏腹に、アリシアの手を摑むリチャードの指先は強い。戸惑いつつも、アリシアはマリオから借りたスプーンをズボンのポケットから取り出した。

「そのスプーンで、ジョッキの中身をかき混ぜてごらん」

アリシアの手を離しながらリチャードが言う。突然何を言い出したのか理解が及ばなかったが、アリシアは言われるままにスプーンでビールをかき混ぜた。液体の表面に泡が立ち、ゆっくりとスプーンを引き上げたアリシアは目を見開く。

ビールに浸していたスプーンの先が、黒く変色していた。

「何か薬が入ってるね」

薄く微笑んだまま呟くリチャードに、アリシアは驚愕の視線を向けた。続けてカウンターの奥にいる店員に目を向けると、相手がこちらを見て露骨に舌打ちしたところだ。

リチャードは自分とアリシアの代金をカウンターに置くと、口をつけていないアリシアのビールを残して店を出た。

「銀製品は毒物に反応して変色するんだ。旅先では面倒でも、いちいち確認した方がいい」

外に出ると、リチャードはアリシアに帽子をかぶせ直しながら言った。

「旅の無事を祈って銀製品を預けるのはただのおまじないなんかじゃない。ラクシュマナフが台頭するまで、半島三国は領地争いが絶えなかったからね。毒殺なんて日常茶飯事だ。ここは治安が悪いから未だに危ない。特に物慣れない旅人なんかはすぐ食いものにされる」

「あ……ありがとう、ございました……」

アリシアはたどたどしく頭を下げる。ビールに入っていたのがどんな種類の薬なのかはわからないが、リチャードに助けられたのは事実だ。

いつになく素直なアリシアに優雅に返礼して、リチャードは辺りを見回す。

「本当に君ひとりで来たんだね。他に誰かいるなら宿まで一緒に戻ってもらおうと思ったんだけど……女の子をひとりで歩かせるのは危ないな」

普段なら、女扱いするな、と食ってかかるアリシアだが、カモにされかけた直後なだけに何も言えない。黙り込むアリシアを見下ろして、リチャードは仕方がないとでも言いたげに肩を竦めた。

「じゃあ、君にもついてきてもらおうか。ひとりくらいなら護衛も目立たないだろうし、今から宿に戻っていたら間に合わない。さ、行こう」

「移動するのですか？　酒場で待ち合わせをしていたのでは……？」

「違うよ、予想外に早く宿を出られたからあそこで時間を潰してただけだ。もっと君に全力で怒られて引き止められると思ってたからね」

しかし変装までしてついてくるとはなぁ、とリチャードが笑いを噛み殺す。

アリシアは返す言葉も見つからず、むすっとした顔でリチャードの後ろを歩いた。

町の中心部にある酒場から離れ、リチャードは一軒の家の前で立ち止まる。わざと他の家から距離を置いたように町の外れにぽつんと建つ家は小さく質素で、王子が訪ねる場所とも思えない。

気楽にドアを叩こうとするリチャードを止め、アリシアは自らドアを叩く。先程の教訓を踏まえ、中から何が飛び出してきても対処できるよう、外套の下に忍ばせてきたナイフに手をかけた。

ドアの向こうから足音が聞こえる。ややあってから扉を開けたのは、髪の白い、見上げるほどの大男だ。

てっきりうら若い女性が現れると思い込んでいたアリシアは、とっさに外套の下からナイフを出してしまう。

相手は巨体だ。長身のリチャードよりさらに大きい。その上片方の目に傷を負い、瞼から頬にかけて斜めに傷跡が走っている。外見からして明らかに尋常でなかった。

ドアが開いた途端ナイフを構えたアリシアを見て、相手も相当に驚いたらしい。片方の目を大きく見開き、まじまじとアリシアの顔を見下ろしてくる。

「アリシア、大丈夫だよ。彼が約束していた相手だ」

じりじりと後退しそうになるアリシアの肩を、後ろからリチャードが叩く。

予想だにしていなかった言葉に愕然として、アリシアは背後のリチャードを凝視した。確かリチャードは、デートに行くから護衛は無用だと言っていなかったろうか。ということは、目の前の厳つい大男がその相手ということか。

「お……王子……失礼しました、王子にそんなご趣味があったとはつゆ知らず——……」

「アリシア？　待った、何恐ろしい勘違いしてるんだい」

混乱が一回りして妙に冷静になり、こんな趣味があるなら護衛はいらないと突っぱねられるはずだと納得するアリシアの肩を、リチャードが軽く揺さぶる。

「違う、彼には少し聞きたいことがあるだけだ。護衛がいると悪目立ちするからひとりで行かせて欲しくて、でも君がおとなしく引き下がってくれるわけもないからデートって言っただけだよ。呆れて行かせてくれるんじゃないかと思って」

そこまで読まれていたのかと、アリシアは内心舌を巻く。大方リチャードの想定した通りに現実が進んでいるのだから大したものだ。

「そういうわけで俺は中でちょっと話をしてくるけれど、アリシアはどうする？」

「……私は、外で家の周りを警護しています」

どんな話をするのか知らないが、王子のプライベートな会話に割り込めるはずもない。先程からずっと目の前の大男がこちらを注視しているのも気になる。

よく見てみれば男の髪は白髪ではなく、白に近い金髪のようだ。年もマリオと同じか、少し若いくらいだろう。物も言わずアリシアを凝視するその顔にはほとんど表情がない。

（初対面の人間に突然ナイフなど向けられれば警戒するのも当然か……）

二人が家に入る直前、アリシアは男にナイフを向けた非礼を詫《わ》びたが、相手はやはり何も言おうとせず、アリシアをぎろりと睨んだだけだった。

家の外にひとり残ったアリシアは、戸口の前に立って直立不動の体勢をとる。町外れにある家の周辺は人通りがなく静かだ。耳を澄ませても、木々のざわめきと虫の鳴き声が聞こえるばかりだった。

外だけでなく、家の中も静まり返っている。

二人してなんの話をしているのだろう。笑い声ひとつ聞こえないところを見ると、あまり楽しい会談ではないのだろう。家の周囲へ注意を配りながらそんなことを考えていると、ものの三十分もしないうちにリチャードが外へ出てきた。

「お待たせ、さぁ宿に戻ろう」

「……もうよろしいのですか？」

一時間や二時間は覚悟していたのだが、リチャードは「十分だ」と頷いて宿へ向かう。

アリシアは前を行くリチャードを観察してみるが、その足取りに気落ちしたようなところは感じられない。会話が決裂して早々に席を立ったのではなさそうだ。

プライベートなことに口を挟むわけにはいかないと知りつつも、やはり何を話していたのか気になった。アリシアはリチャードの後頭部を見詰め、口を開いては閉じ、また開く。なかなか質問を口にできないでいると、その気配が伝わったのかリチャードが肩越しにアリシアを振り返った。

「さっきの彼は、ラクシュマナフの元傭兵《ようへい》だよ。かなりの手練《てだ》れで皇帝から直々に声をかけられたこともあるらしい。でも目に傷を負って引退して、今はこの国で暮らしてる」

「そ……そうでしたか」

相手の素性がわかって好奇心が鎮まるかといえばそんなことはなく、むしろなおさら何を話していたのか気になった。

うずうずと口元を動かすアリシアを見て、リチャードはおかしそうに笑う。

「ラクシュマナフに着く前に、お姫様にプレゼントでも用意しておこうかと思ったんだ。彼ならお姫様のことも少しは知ってるんじゃないかと思って、助言を仰いできたんだよ」

サプライズプレゼントだね、とリチャードは夜空に向かって楽しそうに呟く。

そんな理由か、と呆れた声で言ってやろうとしたのに、意に反して唇からは微かな吐息しか漏れなかった。それは呆れや軽蔑を示す溜息ではなく、胸に走った痛みを逃がすためのものだ。

頭で何か思うより先に、体は顕著に痛みを訴える。また別の女か、と思ったらキリキリと胸が痛んだが、そもそもこの旅は帝国姫君へ求婚するために始まったのだ。リチャードの行動に非難すべき点はない。

こんなことで傷ついている自分の方が間違っている。傷つく理由もないはずなのに。

今度は意識的に深く息を吐いて、アリシアは努めて普段通りの口調を装う。

「……王子がラクシュマナフの姫君とご結婚なされば、我が国にも多くの利益がもたらされることでしょう」

当たり障りのない、そんな言葉しか口にできなかった。内容よりも、声の端々が震えそうで気が気でない。

ありがたいことに星を見上げたリチャードはアリシアを振り返ろうとせず、独白のように呟いた。

「ファーレンだけじゃない。半島全体に大きな利益がもたらされる。帝国の豊富な地下資源が半島に流れ込むからね。フィレーニとセルヴィは交易が盛んだからその二国が直接恩恵にあずかるのはもちろん、輸送経路にあるウルカウニも今より人の行き来が増えて、半島全体が潤うはずだ。それでもう少し国の財政にゆとりが生まれたら、ずっとないがしろにされてきた国内の医療と教育の整備に力を入れたい」

話の半ばまで傷心を隠すのに必死だったアリシアだが、予想外にしっかりしたリチャードの構想に途中からその表情が変わった。

リチャードは相変わらず空を見上げ、なだらかな口調で喋り続ける。そこにはたった今思いついたような興奮や喜色がなく、長いことひとりで考え続けてきたことが窺えた。

「半島間の諍いもなくしていきたい。今はラクシュマナフを警戒して争いは収まっているけれど、このバランスが崩れればまた戦になる。さほど広くもない土地を奪い合って血が流れるのは馬鹿らしいことだよ。半島の最南端にある我が国と、北のラクシュマナフが上下から睨みを利かせれば、セルヴィヤウルカウニもおとなしくなると思うのだけれど……」

そこまで口にしたところで、リチャードははたと我に返った顔でアリシアを振り返った。無心に星を見上げていた顔に、パッとおどけた表情が浮かぶ。

「なんて、絵空事もいいところだろう？」

「いいえ、素晴らしいお考えだと思います」

笑って話を打ち切ろうとしたリチャードに、アリシアは真摯な声で答えた。

「絵空事と切って捨てるには、あまりに惜しいものです」

きっぱりとしたアリシアの物言いに、リチャードが虚を衝かれたような顔をする。

ウルカウニの夜は深い。頭上で瞬く星の音すら聞こえそうだ。

ぱちぱちと火花が弾けるように輝く星空の下、そうかな、と吐息だけで呟いたリチャードは、すぐ口元に微苦笑を浮かべた。

「でも大臣たちは隙あらば領土を広げるべきだと言うし、国民のために医療費や教育費を国が出すのはおかしいとせせら笑ったよ」

「私はそうは思いません。私たち国民はむしろ、国に対してそうしたことを望むがゆえに、税を払ってあの地に留《とど》まっているのです」

アリシアの頬の上を星明かりが滑り落ちる。今夜は星月夜だ。アリシアの凜とした表情を、星の光が照らし出す。

リチャードの顔つきが真剣になった。アリシアもリチャードから目を逸らさない。

「貴方の考えは民に近い。だからこそ民から最も離れた、玉座の側に立つ人々の耳には届かないのでしょう。本来そういうものなのかもしれません。にもかかわらず、玉座の真横に立っているはずの貴方からそのような考えが生まれることは、民にとって得難い僥倖《ぎょうこう》です」

いつの間にかリチャードの歩調が鈍り、アリシアはその隣に追いついて真っ直ぐリチャードの顔を見上げた。

「貴方こそ、次期国王にふさわしい。私はそう考えます」

リチャードの瞳が揺れる。そこに微かだが、すがるような色が走る。

四六時中のんきに笑っていたリチャードが、今まで見せたことのなかった表情だ。

だがリチャードはすぐに片手で顔を覆い、アリシアからその表情を隠してしまう。

「そうか……そう言ってもらえると嬉しいな。まともに話を聞いてくれたのは君が初めてだ」

顔を覆っていた手を下ろしたとき、リチャードはもう普段と同じ笑顔に戻っている。

アリシアは唐突に、この人は自分の本心を隠すことに長《た》けているのだ、と気がついた。

「国王や大臣は耳を貸さなかったのですか？」

「そうだね。特に大臣たちは民の税で甘い汁を吸っているから。彼らにとって王は愚かであるほどいいんだ。扱いやすい傀儡《くぐつ》になる。さっきみたいなことを言うと途端に煙たがられて、下手をすると寝首をかかれる」

冗談めかしてリチャードは言うが、その言葉の大半は真実なのではないだろうか。だとしたらリチャードの浮ついた言動も、臣下たちの目をくらますための演技かもしれない。

真実を見極めようと、アリシアはリチャードの横顔に目を凝らす。その視線に気づいて、リチャードもアリシアを見た。黒真珠に似た瞳が、静かにアリシアを見下ろしてくる。

真珠は、貝の内部に異物が入り込んでできるものだという。

柔らかな身を異物で傷つけられ、貝は自らそれを真珠袋に包み込む。もしかするとそれは、痛みを伴う行為なのかもしれない。

母に先立たれ、父に顧みられず、臣下にまで煙たがられながら、ひとりで深い考察を重ねてきたのだろうリチャードの目は、貝が海の底で痛みを抱え、じっくりと美しい真珠を作る過程を彷彿とさせた。

（この方は……本当に稀代の賢王になるかもしれない）

冗談でもひいき目でもなくそう思った。だが、リチャードはまたころりと表情を変え子供のように屈託なく笑うと、頭の後ろで手を組んだ。

「まあ、こんな小難しい話も帝国のお姫様と結婚できなくちゃ実現のしようがないんだけどね。そう簡単にお目通りが叶《かな》うかどうかもわからないし」

話の接《つ》ぎ穂《ほ》のようにリチャードがさらりと口にした言葉に、アリシアは自分でも驚くほど動揺する。針のようなもので胸を刺された気分になって、思わず胸元を見下ろした。当然何も刺さってなどいないが、細い針で深々と胸を貫かれたような痛みは残ったままだ。

動揺の原因は、事ここに至ってようやくひとつの事実を理解したからだ。

どうやらリチャードは、本気らしい。

最初は絶世の美女という言葉に目が眩《くら》んだ馬鹿王子が、恐れも知らず北を目指すのだと思っていた。もしくは物見遊山で姫君を一目見ようと思っているのではないかと。

しかしそのどちらでもなく、リチャードは本気で帝国の姫と結婚しようとしている。国のために、そして半島全体のために。

今だって、少しでも姫の情報を得ようとたったひとりで宿を抜け出し、素性も知れない元傭兵を訪ねたくらいだ。アリシアが思っていたよりずっと、リチャードは本気で求婚を成功させようとしている。

ラクシュマナフで門前払いを食らい、すごすご国に戻ることになるだろうと漠然と思い描いていたアリシアの予想が打ち砕かれる。リチャードはきっと、そう簡単に国に戻らない。セルヴィの舞踏会で手品を披露しアリシアを窮地から救ってくれたときのように、あるいはつい先程酒場で手を差し伸べてくれたときのように、思いがけない知恵と機転を利かせ姫との面会を果たし、本当に口説き落としてしまうかもしれない。

アリシアはちらりとリチャードの横顔を盗み見る。高い鼻と涼しげな目元、そして常に甘い笑みを湛えたバラ色の唇。改めて見てもこの美貌だ。考えるほどに実現の可能性は高くなる。

フィレーニ国民のひとりであるアリシアにとっても、リチャードが帝国の姫君と結婚することは望ましいことだ。それなのに、なぜか胸の痛みはひどくなる。

唐突に、これ以上北に行きたくないと思ってしまった。

（……何を、馬鹿な――……）

ともすれば今にも立ち止まってしまいそうな自分をアリシアは叱咤《しった》する。

自分は騎士だ。リチャードを無事ラクシュマナフへ送り届けるのがその任務だ。それ以外の考えなど、持つ必要はない。

宿に着くまでアリシアは繰り返しその言葉を自分に言い聞かせる。

その行為に没頭するあまり、頭上に広がる満天の星空にアリシアが再び目を向けることはなかった。

旅立ちから五日目。アリシアたちは黙々と半島を北上する。

早朝に宿を出て、最低限の休憩を挟んで馬を走らせたおかげで、夕暮れが迫る頃には国境近くまで辿り着いた。国境を越えれば、いよいよその先が北の大帝国、ラクシュマナフだ。白銀に光る鎧を夕日に染められ、アリシアは隊の先頭で馬を駆る。

いつもなら馬車の一番近くにいるのだが、今日は朝からこうして先頭を走り続けていた。馬車の側にいれば、ことあるごとにリチャードが声をかけてくる。そのたびに心乱される自分が目に浮かび、アリシアは敢《あ》えてリチャードから離れていた。

昨晩、リチャードが本気で帝国の姫君に求婚するつもりだとわかったときから、アリシアの中で何かの歯車が狂ってしまった。昨日まで感じていた、自分を抱いたくせに他の女を追っている、という単純な怒りとは違う、もっと冷え冷えとした感情が胸を支配する。

（……目的地に着くまで、無用な考えにとらわれるのはやめよう）

アリシアは朝から何度目になるかわからない言葉を胸の中で繰り返す。こんなことで注意力が散漫になって不手際でも起こしてしは大ごとだ。

手綱を握り直すと、背後から馬の足音が近づいてきた。隊員の誰かだろう。音に反応して振り返ったアリシアは、馬上の人物を見て息を詰めた。

緋色《ひいろ》のマントを羽織って馬にまたがっていたのは、リチャードだ。

リチャードは危なげない手つきでアリシアの隣に馬をつけると、やあ、と優雅な笑みを見せた。

動き続ける隊列の中で、一体いつの間に馬車から降りたのか。驚きを禁じ得ず馬車を振り返ると、馬車の中で隊員のひとりが所在なく肩をすぼめていた。どうやらリチャードに馬を奪われ、代わりに馬車へ押し込まれたらしい。

「……馬車から馬へ飛び移ったのですか？」

「まさか。いったん地上に降りたよ。馬車は動いてたけど、大した速さじゃないしね」

リチャードは造作もなく言ってのけるが、馬車の速度はそこまで遅くもない。無駄に身体能力の高さを見せつけられ、アリシアはむっつりと黙り込む。馬鹿王子、と侮っていたが、実は非の打ちどころがない人物なのかもしれない。

リチャードはアリシアの横顔を覗き込み、窺うような声を出す。

「アリシア、また俺は何か君を怒らせてしまった？」

「……いえ、そのようなことは」

「だったら今日はどうして馬車から離れてるんだい？」

頰にリチャードの視線を感じ、アリシアは兜のバイザーを下ろしていなかったことを悔やんだ。頰に熱が集まるのを隠せない。

今さらバイザーを下げるのもわざとらしく、アリシアは若干リチャードから顔を背ける。

「ラクシュマナフが近いので、前方の警戒を強くしただけです」

「そうか。でも俺は、できれば君に側にいて欲しいな」

「それは――」

（私が隊長だからですか？　それとも単純に女が好きだから？）

尋ねたかったが口を噤んだ。その質問の裏に、「君だからだよ」と言って欲しい想いが潜んでしまいそうで怖い。

（……言って欲しいのか、私は。どうして）

この数日、リチャードが挨拶のような気軽さでアリシアを口説き続けてきたものだから、今度は口説かれないと物足りなくなったとでもいうのか。

（――そんなわけがあるか）

そんな馬鹿らしい理屈が通用するわけもなく、自分の本音に指先がかかる。だがまだそれを自覚したくはなくて、アリシアは強引に思考を閉ざした。

唇を噛み締めるようにして黙り込むアリシアを見て、リチャードは反省したように肩を落とした。昨夜《ゆうべ》の言動がアリシアの気に障ったとでも思っているらしい。

しばらくすると気を取り直したのか、リチャードはこんな提案をしてきた。

「アリシア、この旅が終わったら、君にドレスをプレゼントしてもいいかな？」

アリシアは横目だけ使ってリチャードの肩先に視線を滑らせる。本人の顔を見ると諸々の想いが溢れてしまいそうで、それ以上視線を上げられない。

「私にドレス、ですか」

「舞踏会の夜に見たドレス姿が凄《すご》く綺麗だったから。こんな旅につき合わせてしまったお詫びとお礼も兼ねて、どうかな？」

「でしたらドレスでなく、鎧を新調していただいた方が……」

「またそういうことを言う。俺はドレスをプレゼントしたいんだ」

「これから帝国の姫君に結婚を申し出ると言うのに、他の女にドレスですか」

意図せず声に棘が立つ。そこに嫉妬めいた感情が乗ってしまった気がして、しまった、とアリシアは口を噤んだ。

「これで最後にするよ」

馬車の車輪が土を嚙む音に、リチャードの静かな声が重なった。リチャードはそれきり言葉を切って、アリシアと視線が交わるのを待っているようだ。無言の圧力に負け、アリシアはようやくリチャードの肩先から視線を上げた。

「妻以外の女性に何か贈りものをするのは、これが最後だ」

そう断言したリチャードの顔は、思ってもいなかったほど真剣だ。声にも芯が通っている。

そのせいか、妻、という言葉がやけにくっきりと耳に残って、意地を張り続ける気が失せた。

「……では、ありがたく頂戴いたします」

「本当かい？　だったら、どんなドレスがいいかな？」

「どうせ似合いませんから、どんなものでも……」

「駄目だ、ちゃんと考えてくれ」

いつになく強い口調でリチャードに乞われ、仕方なしにアリシアはしばし考え込む。

「……あまり動きにくくないものをお願いします」

「そうは言ってもドレスは多かれ少なかれ動きにくいものだよ？　丈も長いし」

「丈は長くても構いませんが、妙に膨らんでいたり、過剰にリボンやレースがついていないものにしてください」

「わかった。スカートはすとんとしたデザインにしよう。袖は？」

「袖はあった方がいいです。こちらもあまり動きにくくないものを」

一貫してドレスに華美なデザインを求めないアリシアにリチャードは苦笑する。

「わかった、でも胸元は開いていた方がいいよ。君は首が長いから見栄えがする。フリルは控えめにしよう。それから、背中は開いていないものにしようか」

適当に相槌を打つつもりが、途中で声が詰まってしまった。アリシアが背中の痣を気にしていることを、リチャードは覚えていたらしい。

そんな些細なことに心が浮き沈みする自分が滑稽《こっけい》で、アリシアは静かに自分を嘲《あざけ》った。

「色はどうする？　青も似合っていたけれど、君には紫なんかもいいんじゃないかな。高貴な感じがする。ああ、でも緑も捨てがたい」

どう？　とリチャードに尋ねられ、アリシアはとっさに答えを呑み込んだ。

（――白）

口にしなくてよかった。真っ白なドレスは婚礼の衣装を連想させる。

そんなものをリチャード相手にねだってどうすると、アリシアが無難な色へと返答をすり替えようとした。そのときだった。

「隊長！　後ろから何者かが近づいてきます！」

背後から緊迫した声が上がり、アリシアは鋭く後ろを振り向いた。

隊員のひとりがアリシアのもとへ駆けてくる。その後ろへ目を凝らすと、遠くで土埃が上がっていた。何者かが馬に乗ってこちらを追ってくる。しかも少なくない人数だ。

「賊か!?」

「わかりません！　ですが、全員手に武器のようなものを持っています！」

直前までの感傷など吹き飛び、アリシアの横顔に緊張が走る。一瞬で隊長の顔に戻ったアリシアは、手早くバイザーを下げると声を張った。

「全員全力で走れ！　もうすぐ国境だ、追いつかせるな！　王子、走れますね！」

リチャードも緊急事態を察したらしく、険しい表情で頷いて馬を速める。

馬を走らせながらアリシアは追っ手に目を凝らす。数は十を少し超えたくらいだろうか。馬上の男たちは鎧などつけていない。盗賊や追い剝ぎの類《たぐい》だろう。

走り始めるとすぐに馬車が遅れ始めた。反対に後続集団はアリシアたちとの距離を詰めてくる。鎧を着ていないぶん、馬にかかる負荷が小さいので速い。

ものの五分と走らぬうちに、後方で馬車が完全に捕まった。馬に乗った男たちがわっと馬車を取り囲み、そのうちの半数以上がアリシアたちを続けて追う。

男たちに囲まれた馬車が遠ざかる。その光景を見て、アリシアの心臓がひしゃげたようになった。こんなときに、普段は思い出そうとしても思い出せない過去の記憶が蘇る。

幼い頃、母と乗っていた馬車。唐突に上がった御者の悲鳴。馬車の外に引きずり降ろされた母親と、直後馬車に放たれた紅蓮《ぐれん》の炎。

その向こうから伸びてくる男たちの手を思い出し、実体のない恐怖が背中を舐めた。

「隊長！　どんどん距離が縮まっています、応戦しますか!?」

恐怖で凍る心臓を叩いたのは、焦りをにじませた隊員の声だ。アリシアは水を吐くように喉元に詰まっていた息を吐き出し、怯えごと体の外へ追い出すべく大声を上げた。

「駄目だ、最優先事項は王子を国境の向こうへ無事送り届けることだ！　下手に乱戦状態になれば王子の安全が保障できなくなる！」

「でも、追っ手はすぐそこまで……！」

追っ手は今もアリシアたちとの距離を詰めている。馬車に群がっていた者たちも、中に兵士ひとりしかいないと知ればいずれ追いついてくるだろう。アリシアたちだけで応戦するならまだしも、リチャードを守りながらとなると圧倒的に不利だ。

限られた時間内でアリシアは必死で考える。唯一思いついた作戦も勝算が高いとは言い難かったが、試さない手はない。

「王子、マントを貸してください！」

走りながらアリシアが叫ぶと、並走していたリチャードが困惑した表情をこちらに向けた。詳しい説明は抜きで、「早く！」と急かすと、リチャードも緋色のマントを脱いでアリシアに手渡してきた。

アリシアは目一杯腕を伸ばしてリチャードの手からマントを奪い取ると、それを乱雑に体に巻きつけた。

「二手に分かれる！　後方の四人は私についてこい！　残りは王子を国境へ！」

「アリシア!?　それじゃ、君――……っ」

リチャードがギョッとしたように目を見開く。ようやくアリシアがマントを貸せと言った意味を悟ったらしい。その顔に激しい後悔の色が走った。

「俺の身代わりになるつもりか！」

アリシアはそれに答えず、手綱を引いて馬を左手に走らせる。すぐに隊列の前方にいた隊員たちがリチャードを取り囲み、こちらは右へ進路を切る。続けて後続の四名がアリシアの横に並んだ。

リチャードがアリシアの名を叫ぶ。だがそれもすぐに遠ざかり、アリシアは緋色のマントをはためかせながら前方に見えてきた森を指差した。

「あの森に入る！　なんとか撒《ま》け！」

指示を出しながら後方を振り返る。アリシアたちが二手に分かれたのを見て賊は一瞬迷ったようだが、その大部分が緋色のマントを目印にアリシアたちを追ってきた。思惑通りだ。少数の賊ならばリチャードを護衛している隊員たちだけで十分捌ける。

アリシアたちは馬の速度を落とさず森に突っ込む。すでに日は傾いて、森の中は鬱蒼と暗い。

(……思ったより道が険しい！)

集団の先頭で馬を走らせ、アリシアは歯を食いしばる。森の中は道らしい道もなく、地面のあちこちから木の根が飛び出している。そのうち馬が足を引っかけるだろうと思った矢先、後ろで何か大きな物が倒れ込む音と悲鳴が上がった。隊員の誰かが落馬したらしい。

しかし振り返っている余裕はない。なおも馬を走らせていると、またしても背後で大声が上がった。しんがりが賊に追いつかれたようだ。

アリシアたちと違い、賊は森の地形を熟知しているらしい。あっという間に距離が縮まっていくのがわかる。

気がつけば隊員は残らず後退して、森の中でアリシアひとりが馬を走らせていた。後退した隊員たちは落馬したのか、はたまた賊に捕まったのか。振り返って確認するだけの余裕もない。

リチャードたちは無事国境へ辿り着いただろうか。ラクシュマナフに入りさえすれば、残りの隊員だけでもリチャードを皇帝のもとへ送り届けられるだろう。

そんなことを頭の隅でちらりと考えたのが悪かった。無秩序に伸びる木の枝で顔でも打ったのか、アリシアの乗る馬がいきなり二本立ちになった。

暗がりの中で突然重力のかかる方向が変わって、体が後ろに引き倒される。力一杯手綱を握ったものの間に合わず、アリシアは大きな音を立てて地面に叩き落とされた。

痛みに息が止まり、すぐには動けなかった。だが背後からは蹄の音が迫っている。アリシアは痛む体を引きずって鐙《あぶみ》を摑んだが、賊がその場に追いつく方が早かった。

「いたぞ！　赤いマントだ！　こいつが主人だな！」

大地を震わせる足音とともに数頭の馬がアリシアを取り囲む。馬上の男たちは周到にたいまつを用意しており、複数の炎がアリシアを照らし出した。

「なんだ……？　鎧なんて着てるぞ、主人じゃないのか？」

周囲から降り注ぐ視線を、アリシアは兜の奥から黙って睨み返す。隙あらば馬に乗ってこの包囲を突破したいところだが、何分相手の数が多い。森の中で少しは振り切れたようだが、それでも五人が追いかけてきた。しかも全員が手に剣やハンマーを握っている。

(一番近くにいる馬の足を斬りつけるか……)

痛みに驚いた馬が暴れ出せば隙も生まれる。腰に下げた剣にそろりと手を伸ばすと、それを目ざとく見つけた男がアリシアに剣を振り下ろした。

「妙な真似するんじゃやねぇ!」

とっさにその一撃はよけたものの、下からすくい上げるように振り上げられた剣の切っ先が兜を叩いた。偶然にもバイザーが跳ね上げられ、アリシアの顔がたいまつの炎に照らし出される。

暗い森の中に突然白い花が咲いたような、その場にそぐわない美貌を湛えたアリシアの顔を見た途端、馬上の男たちが息を呑んだ。

「……女、か？　まさか」

「いや、確かに女だ」

アリシアは腕を上げて顔を隠すが、後ろから伸びてきた男の手が乱暴に兜を取り上げてしまう。

兜の下でまとめていた金の長い髪が鎧の上を滑り落ち、周囲からどよめきが上がった。たいまつの炎に照らし出される男たちの顔に喜色が走る。その口元を下卑た笑いがぬるりと濡らし、アリシアの本能が激しく警鐘を鳴らした。

かつてない危機感を覚え、アリシアは素早く腰の剣を抜くと近くにいた馬を手当たり次第斬りつけた。

足を斬られた馬のいななきが辺りに響き、アリシアを取り囲んでいた輪が乱れた。

馬上で怒号が上がる。混乱が馬に伝わりますます輪が乱れ、アリシアはその隙に馬の間をすり抜けて森の奥へと走り出した。

再び馬に乗るだけの余裕はなかった。もたもたしていたら今度こそ逃げ場を失う。こうなったら、馬では追ってこられないだろう急な斜面か、密集した木々の間を走るしかない。

「おい！　逃がすな、上等な女だったぞ！」

アリシアの意図を察したのか、男たちが一斉に馬から下りた。

アリシアは走りながら、少しでも戦いに有利になる地形を探す。せめて壁に背を向けられればまだ活路が見いだせる。あるいは人がすれ違えないほど細い道でひとりひとりと相手ができれば。

（市街地ならまだしも、森の中にそんな場所があるか!?）

絶望的な気分を振り払ってアリシアは走る。体が上下するたび鎧のパーツがぶつかり合い、その音が自分の居場所を相手に知らせてしまうようだ。いくら走ってもたいまつの火がついてくる。

茂みをかき分け木の枝を払う音に、ひどく乱れた自分の呼吸音が重なる。

全身を守る鎧が重い。総重量は二十キロにも上る。膝が折れそうだ。それでも必死で走っていると、ふいにがくんと首が後ろに倒れた。誰かに髪を摑まれたらしい。振り返り、髪ごと切り落とすつもりで剣を振るうと悲鳴が上がった。剣先に手応えが走る。

「この……っ！　おい、ただの女じゃないぞ！」

躊躇なく剣を振り下ろしたアリシアの太刀筋を見て、男たちが警戒を強めた。だが、剣を振るため一瞬足を止めたのはやはり失敗だった。アリシアはあっという間に五人の男たちに取り囲まれてしまう。

いかにアリシアが騎士団の小隊長を任されているとはいえ、多勢に無勢では勝ち目がない。右から飛んできた剣をかわしても、すぐに反対側からハンマーが振り下ろされる。ギリギリのところでそれをかわしても、なかなか攻撃に転じることができない。

複数の相手に奮闘したものの、とうとう剣を地面に叩き落とされ、アリシアは男たちに乱暴に木の幹に押しつけられてしまった。

「この……っ、とんだじゃじゃ馬だな、手こずらせやがって！」

「でも見てみろよ、この顔だったら苦労したかいもあっただろ」

アリシアの背中を木の幹に押しつけた男が、その顎を摑んで上向かせる。

値踏みするような目で覗き込まれアリシアは男たちを睨みつけるが、喉の奥で荒い息が絡まって相手を威嚇するための声が出ない。

たいまつに照らされる男たちの目は爛々《らんらん》と輝いている。圧倒的に有利な立場で獲物をいたぶる獣の目だ。

アリシアはその目を知っている。遠い昔、自分と母の乗った馬車を襲った男たちも同じ目をしていた。

男たちがかざすたいまつの炎と、馬車を包んだ炎がだぶる。

あのときも、アリシアは絶望的な気分で炎の向こうから伸びてくる男たちの腕を見ていた。

その手はアリシアに届く前にマリオの剣で一掃されたが、あんな奇跡が再び起こるとは思えない。

アリシアは乾ききった喉を上下させ、無理やり声を絞り出す。

「……離せ……っ、下郎が……！」

「おい、なんか言ってるぞ」

「いいから早く鎧を脱がせろ」

「……離せ！　私に触るな！」

「うるせぇな！　おい、なんでもいいからこいつの口に突っ込め！」

胴当てと肌の隙間に男の手が入り込み、無理やり鎧を引きはがそうとする。鎧の構造がわかっていないらしく男たちの手は力任せで、アリシアの体は右に左に引きずり回される。

気の早い男がシャツを脱いで、それをアリシアの口に押し込もうとしてきた。全力で体をひねって抵抗すれば、頭を摑まれ、乱暴に木の幹に額を打ちつけられた。

離せ、と叫ぼうとしても、喉が締めつけられたようで今度こそ声にならなかった。男たちに好きに引きずり回される自分が惨めでふがいなく、悔しさにアリシアの目元に涙がにじむ。

無自覚に、握り締めた手を胸元に押し当てていた。

普段ならばそこにロザリオがある。母の形見であるそれに触れれば、どんな窮地に陥ったとしても少しだけ平常心が取り戻せる。

リチャードにロザリオを貸していることも失念して胴当ての上から胸を押さえたアリシアは、あるはずの感触がないことに気づいて、世界中のすべてに見放されてしまったような気分になる。

もう駄目だ、と思ったらこれまで堪えてきたものがいっぺんに溢れてアリシアの全身を包み込んだ。鎧の隙間から冷水を流し込まれたかのように、爪先から体温が奪われていく。もう男たちの顔を見返すこともできない。

(――怖い)

子供の頃の記憶が瞼の裏で明滅する。目の前に迫るたいまつの熱が過去の記憶を現実のもののように鮮明にして、カタカタと奥歯が鳴った。震えが止まらない。

アリシアの抵抗が弱まり、男たちは乱暴にその体から胴当てをむしり取る。鎧の下に着た厚手のシャツにも手がかかり、アリシアはひゅっと喉を鳴らした。

その口から悲鳴が漏れかけた、そのときだ。

「アリシア！　どこだ！」

耳慣れた声とともに、大地を震わせる蹄の音が闇の向こうから近づいてきた。

アリシアを取り囲んでいた男たちの動きが止まり、音のする方に視線が向く。蹄の音は見る間に近づき、重なり合う木々の枝が唐突に薙《な》ぎ払われた。

その向こうから火の玉のような勢いで突っ込んできたのは、リチャードだ。

突然の闖入者《ちんにゅうしゃ》に男たちは目を見開いて後ずさる。アリシアも、同じように呆然とした顔でその姿を見上げることしかできない。

まるで十数年前の再現だ。あのときも、こうしてマリオが助けに来てくれた。

リチャードはざっと辺りを見回し、男たちに取り囲まれるアリシアを見ると一瞬でその顔つきを変えた。

昨日の夜、自分を陥れようとする大臣たちの話をしていたときですら優雅な笑みを絶やさなかったというのに。

リチャードの顔に浮かんだのは、アリシアも息を呑むほどの凄《すさ》まじい怒りだ。

乗り手であるリチャードの怒りが燃え移ったかのように馬がいなないて、高々と前足を突き上げた。

遠目には優美に駆ける馬も、間近で見ると人間など簡単に踏み殺しそうな巨体が際立つ。男たちの顔に明らかな恐怖が走った。

リチャードは二本立ちになった馬から落ちることもなく鮮やかに手綱を操り、その場にいた男たちを文字通り蹴散らしてしまう。それでもなお刃向かう者には容赦なく剣を振るった。

アリシアは今の今まで、リチャードが腰から剣をぶら下げているのは単なる飾りだろうと思っていたが、違った。リチャードの剣捌きには無駄がなく、一朝一夕で身についたものとは思えない。

（この人は……一体どれだけ私の予想を裏切るのだろう……）

次々と賊を斬り伏せるリチャードに目を奪われているうちに、国境へ向かったはずの隊員たちも遅れてその場にやってきた。隊員たちはすでに賊の脅威が去っていることを確認すると、まずはリチャードを取り囲んでアリシアに最敬礼する。

「も……っ、申し訳ありません、隊長！　ですが、王子がどうしても隊長を追えと……！」

「我々もお止めしたのですが、最後は強行突破されてしまい……！」

アリシアに叱責されることを恐れたのか、隊員たちは揃って怯えた顔をしている。だからまだ誰も、木に凭れかかるようにしてなんとか立っているアリシアの方がよほど青い顔をしていることに気づかない。

例外がいるとすれば、リチャードくらいだ。

「アリシア、どこも怪我はないか？　痛むところは？」

リチャードがアリシアの前に馬を移動させ、馬の体が隊員たちからアリシアの姿を隠した。

まだ体の震えを止められないアリシアはふらふらと馬の腹辺りまで視線を上げ、小さく首を左右に振った。

リチャードはほっとしたように吐息をついてから、アリシアに向かって片腕を伸ばした。

「おいで、もう大丈夫だ」

アリシアはリチャードの手から顔へと視線を上げる。

いつもならすぐに動き出せるのだが、今回ばかりはどうしても動作が鈍くなった。それでもリチャードは根気強く片手を差し伸べ続ける。

震える指先でようやくアリシアがその手を取ると、鐙に足をかけるまでもなく、一気に体を引き上げられた。そのままリチャードの前に横座りにさせられる。

「森を出て国境へ向かおう。今だけは俺が隊の皆に指示を出してもいいかい？」

耳元で優しく尋ねられ、アリシアは黙って頷いた。隊員たちに普段の調子で檄《げき》を飛ばす気力などなかったので、その申し出は正直ありがたい。

リチャードはアリシアを胸に抱き寄せ馬を反転させる。

悔しい、と思うだけの余裕もなかった。

本当ならリチャードに指揮権を奪われ歯嚙みしてもいい場面なのに、対抗心ひとつ湧いてこない。それどころか、リチャードにすべて預けてしまえることに安堵している自分がいる。騎士失格だ、と己を奮い立たせることさえできず、言葉もなくアリシアは自分で自分の肩を強く抱いた。

今はただ、目を閉じるたびに迫ってくる炎の幻覚を意識の外へ追い出すことに必死だった。

森を出る間に新たな追手と遭遇する懸念もあったが、選んだルートがよかったのか、再び賊とまみえることはなかった。

幸いなことに、森でアリシアとはぐれた隊員たちとも途中で合流することができ、一行はなんとかウルカウニの国境を越えた。

国境付近の宿に入りしばらくすると、リチャードに代わり馬車に乗っていた隊員と御者が国境まで来ているとの連絡が宿に入った。慌てて隊員のひとりが迎えに行くと、ぼろぼろに傷ついた二人がそこにいた。

鎧も着ていなかった御者は特に傷がひどかったらしいが、隊員と死に物狂いで逃げのびたらしく、二人とも命に関わるような大怪我はせずに済んだそうだ。

夜もとっぷりとふける頃、ようやく全員が宿に揃ってアリシアは深々とした溜息をついた。

「ともかく、全員無事で何よりだ。王子の安全が確保できたことは一番の功績だな」

部屋着に着替えたアリシアは、自室に隊員たちを集めて労いの言葉をかける。

賊に襲われた者も馬から落ちた者も、皆どこかしら傷を負いながら、アリシアの言葉に安堵の表情を浮かべる。アリシアとて今夜くらい窮地を乗り切った彼らを褒め称《たた》えて終わりにしてやりたかったが、上長としてどうしても言っておかなければいけないこともあった。

「だが、私の命令を無視して王子を森へ向かわせた失態は看過できないな」

「た、隊長……！　それは王子がどうしてもと！」

「そうですよ、俺たちだって必死で止めたんです！　でも凄い剣幕で怒鳴られて……！」

悲壮な顔の隊員たちが詰め寄ってきて、アリシアはピクリと肩先を震わせる。だがそんな些細な動きに気づく者はおらず、アリシアは内心胸を撫で下ろした。

「……詳しい話は帰ってから聞く。が、上への報告はしないでおいてやる」

実質お咎めなしだとわかりほっとした顔をする隊員たちに、アリシアは解散を告げる。ゾロゾロと部屋を出ていくその背中を見送っていると、ひとりがふいに振り返って大股でアリシアに近づいてきた。

「隊長、あの——」

何かを発言するときの癖なのか、相手が胸の前でわずかに手を上げた。

そんな小さな動きにも過敏に反応して、アリシアは大袈裟に体を後ろに引いてしまう。明らかに相手を避けるその仕草に、隊員が不思議そうに目を瞬《しばたた》かせた。

「隊長……？　どうかしました？」

「――いや、なんだ、用件は」

「明日の朝ごはんですけど、宿の主人に確認しておくように言われていて……」

他愛もない確認に相槌を打ちつつも、アリシアは動揺を隠せない。目の前にいるのは慣れ親しんだ部下だというのに、こんなふうに警戒してしまうとは。

最後のひとりが部屋から出ていくと、アリシアは苦々しい顔で溜息をついた。

リチャードの馬を下り、宿に入ってからはなんとか普段の自分を演じてきたが、やはり方々にほころびが出ている。声や体の震えを隠すので精一杯だ。

静まり返った部屋の中、アリシアは冷え切った自身の手をしきりに撫でた。

気を抜くと、何度でも森で男たちに取り囲まれた光景を思い出した。そこに昔の記憶が重なって、恐怖心は何倍にもふくれ上がりアリシアを呑み込もうとする。

何より厄介なのは、男性の姿がどれも、自分を襲った男たちのそれとだぶって見えてしまうことだ。

騎士団に入ってからというもの男女の体格差は痛感してきたが、自分が率いる隊員たちまであんなにも大きく見える日が来るとは思わなかった。おかげで相手が少し距離を詰めてきただけで、体が無自覚に逃げを打つ。

隊員相手になんて様だとアリシアが乱暴に冷えた手をさすり続けていると、部屋の扉がノックされた。その程度のことで体をびくつかせてしまった自分に苛立ちつつ、アリシアは意識して普段通りの返事をする。

「アリシア、ちょっといいかな？」

そう言ってドアの隙間から顔を覗かせたのはリチャードだ。

どきりとして、アリシアはとっさにリチャードから視線を逸らした。

「何かご用ですか？」

「いや、ちょっと……大丈夫かな、と思って」

リチャードは、森で賊に襲われたアリシアがどんな顔をしていたのか間近で見ている。それだけに気になって部屋を訪ねてくれたのだろう。

気遣いはありがたいが、情けないところを見られて居心地が悪いのも事実だ。アリシアは斜めに視線を落として平坦な声で答える。

「問題ありません。特に怪我もありませんし」

「でも、ちょっと怖い目に遭ったようだから」

「あの程度のこと、ご心配には及びません」

つい突き放すようなことを言ってしまった後で、まだリチャードにきちんと礼を述べていなかったことに気がついた。

その程度のこともできないほど動揺していたのだ。時間を置き、自分の狼狽ぶりを嫌でも再認識する。

木で鼻をくくったような物言いから突然謝辞に移るのも不自然かと思ったが、ここで言わなければさすがに礼を欠く。アリシアは居住まいを正してリチャードに頭を下げた。

「……先程は、助けていただきありがとうございました」

「いえいえ、どういたしまして」

「ですが、次回からはご自身の安全を第一にお考えください。兵士を助けようとせず……」

「それは断る」

アリシアの言葉を途中で遮り、リチャードはきっぱりと言った。その顔は穏やかだったが、瞳の奥に一歩も引かない強い意志が窺える。

「もしもまた同じような場面に遭遇したら、俺は何度でも君を助けに行くよ」

「……お心遣いは痛み入りますが、どうか大局を見定めてください」

「君を失うのは嫌だ」

ちっとも知性的でない子供のような言い草に、アリシアの胸は締めつけられたようになる。いつもなら馬鹿王子と呆れた顔もできるのだが、今日はなぜか上手くいかない。常套句に過ぎないのだろうと思いつつ、耳朶が熱くなる。

自分でも自分がどんな顔をしているのかわからずアリシアが俯くと、リチャードが一歩前に進み出てアリシアとの距離を詰めてきた。

考えるより早く、アリシアの体は後ろに下がる。とっさに浮かべた警戒の表情も隠せなかった。

これまでにないアリシアの態度に、リチャードはどこか痛々しそうに眉を寄せる。

「アリシア、本当に大丈夫なのか？」

「……なにが、でしょうか」

「旅の間、俺の側にいられるかい？　もしかして、俺のことが怖いんじゃ……？」

ぎくりとしてアリシアはリチャードから目を逸らす。リチャードは追及の手を緩めない。

「俺だけじゃない。他の隊員も、男全部が怖いんじゃないのか？」

「まさか、そんな……」

「だったら、どうしてさっきから震えてるの？」

言われてようやく自分の肩先が震えていることに気づき、アリシアはとっさに掌でそこを押さえた。

「部屋が、寒かったものですから……」

「そう？　……そうだね、確かに」

リチャードは少しだけ笑ったが、恐らくアリシアの言葉に納得したわけではないだろう。

違う、と叫ぼうとしたが、声に出せば隠しようもなく弱々しく響いてしまいそうで、アリシアは眉尻を下げて俯いた。

（この人にはもう、すべて見抜かれている……）

リチャードの言う通り、アリシアは今、男性全体に怯えている。

森で襲われただけでなく、子供の頃の記憶まで掘り返してしまったのが悪かった。自分より体の大きな男性と対峙《たいじ》すると、どうしたって怖い。

弱々しく俯いたきり何も言わなくなったアリシアを見て、リチャードは俄かに慌てた様子でアリシアの顔を覗き込んできた。

「いや、君を責めたわけじゃない！　旅の護衛も引き続き君に頼みたいし、その、大丈夫かって訊《き》いたのはそういう意味じゃなくて、なんていうか……あー……」

言葉に詰まった様子でリチャードは顎を上げる。何か言いかけて口を開くものの、思い直したように口を閉じ、途方に暮れた顔で言葉を探しているようだ。

旅に出てから初めて、心底狼狽するリチャードを見た。

これまでは何があっても飄々《ひょうひょう》といなしてきた男が、アリシアを慰める言葉を考えあぐねて本気で困り果てている。

「だから……そんな顔しないでくれ、アリシア」

もどかしげに身を屈めたリチャードが、そろりとアリシアの髪に触れる。アリシアを怯えさせまいとしたのか、とてもゆっくりとした動きだ。おかげでアリシアも過剰に反応しないで済んだ。

「本当は、君にお礼を言いに来たんだ。俺を守ろうとしてくれて、ありがとう。迷いもなく俺の囮《おとり》になったときは、なんというか……負けたと思った」

アリシアの髪を一房摑み、リチャードはそこにそっと唇を押し当てる。ドキリとしたが、その理由が怯えによるものか、別の理由によるものかすぐには判断がつかない。

動揺を隠そうと、アリシアは冷えた指先を握り締める。

「……なんの勝ち負けです」

「うん……なんだろうね。ただ君の後ろ姿を見送りながら、敵わないなとつくづく思ったんだ。俺は多分もう、本当に……一生君に敵わない」

一生、とアリシアは繰り返す。

一生側にいるわけでもない相手に妙な言い草だ。この旅が終わればきっと、リチャードとアリシアが直接言葉を交わす機会などなくなるだろうに。

それでも、一生でなくともいい、束の間でもリチャードの記憶の中に自分が残るのだと思うと、アリシアの胸にじわりと熱が灯った。

リチャードは名残惜しげに指先からアリシアの髪を滑らせ、そっとその顔を覗き込んだ。

「手に、触れてもいいかい?」

答える代わりに、アリシアは握り締めていた指先を緩める。すっかり冷えきったその手を、リチャードは片手でそっと包み込んだ。

「……冷たいな。これじゃあ眠れないだろう」

親指の腹でそっと手の甲を撫でられ、アリシアは息を潜める。

間近にいるリチャードの大きな体に恐れをなしたわけではなく、見る間に速度を上げる心臓の音が相手に伝わってしまわないか不安だった。

アリシアの緊張した面持ちをどう捉えたのか、リチャードは優しくアリシアの手を撫で続ける。

「男は怖いばかりじゃないよ、アリシア。君の父上もそうだろう？　ほら、奪うだけでなく、守るために俺たちの手は大きいんだ」

リチャードが両手でアリシアの手を包み込む。そうされると、冷水に浸したかのように冷えきっていた指先に、ゆっくりと体温が戻ってきた。

少しずつ、恐怖で冷え固まっていた体にリチャードの体温が染みわたる。

「……怖くなどありません」

ぽつりとアリシアは呟く。少なくとも、目の前にいるリチャードは怖くない。

そうか、とリチャードはホッとしたような声を漏らす。

「何も、問題はありませんので」

「うん、でも、心配だからもう少しだけ」

「心配など……」

「ごめん。俺が勝手にやっているだけだから」

「――……ありがとうございます」

心配などいらないと言うつもりだったのに、指先から伝わる優しい温《ぬく》もりがそれを阻んだ。唇から漏れたのは本心からの言葉で、アリシアはおずおずとリチャードの手を握り返す。普段可愛げのない態度ばかりとるアリシアの、精一杯の感謝の示し方だ。

さすがにいつまでもリチャードの手を握っているのは気恥ずかしく、ぎこちなく指を放そうとすると、今度はリチャードの手に力がこもった。

目を上げると、熱を帯びたリチャードの瞳がこちらを見ていた。その瞳が何を求めているのか理解して、アリシアは息を詰める。心臓が、弥《いや》が上にも高鳴った。

「怖いと思ったら、突き飛ばしてくれ」

リチャードの目元にさらりと黒髪が落ちて、また少し距離が近づいた。囁く言葉は吐息になってアリシアの唇に触れる。

顔を背けなければ、と思ったが、できなかった。指先から伝わるリチャードの体温に心臓まで捉えられてしまったようで、動けない。

それでも唇が触れ合う直前、アリシアは最後の悪あがきのように呟いた。

「……構いません、いいリハビリになります」

強がりと自分への言い訳をない交ぜにした言葉に、リチャードが小さく笑う。

「君の場合、本当にリハビリの一環としてやっていそうだから判断に迷うなぁ……」

ぼやくように囁いて、リチャードはそっとアリシアの唇にキスをした。

花びらを唇に押しつけられたような柔らかなキスに、アリシアは軽く目を伏せる。アリシアの体が緊張や恐怖で強張らなかったのを確かめてから、リチャードはもう一度軽く唇を重ねてきた。さらにもう一度、啄むようなキスを繰り返す。

呼吸を奪われるような激しいキスではないのに、心臓が壊れるほど早鐘を打った。アリシアの手を握っていたリチャードの手が移動して、ゆっくりと背中に回される。

こちらを気遣っているのか真綿でくるむように優しく抱きしめられ、アリシアは静かに目を閉じた。

(……ああ、私は――……)

最後まで固く本音を守っていた理性の壁が、乾いた砂のようにさらさらと砕けて遠くへ去っていく。

最早《もはや》認めざるを得ない。どうあっても自分はリチャードに逆らえないし、優しい指先も力強い腕も甘い唇も、すべて最後は受け入れてしまう。

今さらその理由を問うのも馬鹿らしい。リチャードに唇をそっと舐められ、アリシアは素直にそこを開いた。

アリシアの背中を抱くリチャードの腕に力がこもって、唇の隙間から熱い舌が忍び込む。背筋が痺れ、頭にぼうっと霞《かすみ》がかかった。触れ合う部分から伝わる体温で、胸の奥に凍りつ

いていた恐怖が溶けていく。

「ん……」

とろりと互いの舌が絡まって、アリシアは微かな声を上げる。恐怖とともに羞恥まで溶けてしまったのか、自ら舌を出してリチャードを誘った。求めに応じてリチャードもますます深く舌を絡ませ、アリシアの背中から腰をゆっくりと撫で下ろす。

「う……ん……」

薄い皮膚の下でぞくりとうねるものの正体をアリシアはもう知っている。

シャツの上から腰のくびれを辿る手の感触に、リチャードと肌を合わせた夜を思い出して肌が粟立《あわだ》った。腰の奥にねっとりとした熱が溜まる。

今はまだ控えめに服の上からアリシアの体を撫でるリチャードの手が、アリシアの腰を荒々しく摑んで引き寄せる様が鮮明に蘇った。胸の上に落ちる汗と、何かに耐えるように目を眇めたリチャードの表情が瞼の裏で閃《ひらめ》く。

思い出すだけで、体の奥がジンと疼いた。

リチャードによって開かれた秘密の場所を強く突き上げられると、体の芯を溶かすような快感が得られる。繰り返し熱い楔《くさび》を打ちつけられると、寄せては返す波のようにそれが大きくなる。中にいるリチャードを締め上げると、内側を押し上げるものの感触が鮮明になり、より快感は濃厚になった。

「……っ」

内腿の間がじくりと濡れて、アリシアは固く目を瞑る。

これではまるで、この先のことまで期待しているようではないか。森の中で賊に襲われたときはあんなに怯えていたというのに。

同じことをあの男たちにされたら、と考えかけ、アリシアは思わずリチャードの服の裾を握り締めた。

（それは嫌だ、絶対に嫌だ……！）

考えただけでゾッとする。アリシアを見る好色そうな目も、舌なめずりするような口元も、思い出すと背筋に怖気《おぞけ》が走った。

（――……この人でなければだめだ）

服の裾を握り締めるアリシアに気づいたのか、リチャードが少しだけ強くアリシアを抱き締めてきた。そんなことで体の強張りがほどけ、アリシアはとろりと瞼を緩める。

頑固な自分に比べ、体はなんと素直なものだろう。舞踏会の夜、リチャードと体を重ねたのは酒で判断力が鈍ったからだと自分に言い訳をしてきたが、あれも嘘だ。酔った貴族に絡まれたときは、ナイフを出してまで応戦したではないか。

最初から自分は、リチャードにしか触れることを許していなかったのだ。

アリシアはリチャードの服を握り締めていた指から力を抜いてその体に凭れると、口内深く忍び込むリチャードの舌を軽く噛んだ。

「……アリシア、本当にこれはただのリハビリ？」

わずかに唇を離し、リチャードが低い声で尋ねてくる。熱い息が唇にかかり、答える前にまた唇を奪われた。

情熱的なキスを受け止め、いっそリハビリという名目のもと、どこまでも流されてしまいたい、とアリシアは思う。

リチャードの力強い手でシーツに縫いつけられ、逞しい腕で抱きすくめられて、下腹部が溶けてしまうほど熱い昂ぶりで貫かれてしまいたい。そうすれば、わずかに残った恐怖もすべて消し飛んでくれる気がする。

あるいはどこまでも甘いキスと睦言《むつごと》でアリシアを包み込んでくれるのでもいい。

今だけは、甘い花の香りがする海に似たリチャードに溺れたかった。

リチャードの唇が再び離れ、答えを待つような視線を向けられる。

ここでリハビリにつき合って欲しいと言えば、望むままリチャードの腕に溺れられるだろう。

欲望に駆られて口を開きかけたアリシアだが、寸前で砂粒のような理性が舞い戻ってきた。

（……ここはもう、ラクシュマナフだ……どこで誰に見られているかもわからない）

忘れかけていた旅の目的を思い出し、アリシアは眉間に微かな皺を刻んだ。

リチャードはこの国の姫君に結婚を申し込みに来たのだ。城からさほど離れてもいないこんな場所で、他の女と色事に耽《ふけ》っていていいはずがない。

アリシアはリチャードの広い胸に寄り添いたがる体を無理やり引き剝がし、濡れた口元をそっと手の甲で拭った。すぐにリチャードがもう一度アリシアを抱きしめようとしてきて、それを避けるように質問とは関係のない言葉を口にする。

「王子……そろそろ私のロザリオを返していただけませんか」

強引な話題転換ではあったが、一刻も早くロザリオを手元に戻したいのもまた事実だった。森で賊に囲まれたとき、いつもの癖で胸に手を当てたアリシアはそこにロザリオがないことを思い出し、半ばパニックを起こした。帰りの道中でまた同じ失敗をしないためにも、できればロザリオは返してもらいたい。

それは危うい空気を入れ替えるため、苦し紛れに口にしたに過ぎない言葉だったのだが、思った以上に効果は絶大だった。

リチャードの頰がサッと強張り、アリシアを抱く腕もぎこちなくなる。まるで冷や水でも浴びせられたかのように、熱っぽい表情が一気に引いた。

思った以上に狼狽するリチャードを見て、アリシアもまた困惑する。

そんなにも、リチャードにとってあのロザリオは離し難いものなのだろうか。旅の無事を祈って銀製品を借りるというジンクスを、アリシア以上に気にしているのかもしれない。

「よろしければ、明日にでも空いた時間に銀製品を買ってきますので、帰りはそれを身につけていただければ……」

「いや……アリシア、そういうことじゃないんだ……」

リチャードはひどく言いにくそうに口ごもる。しばらくは思案気な顔で何か考え込んでいたようだが、最後はアリシアを抱いていた腕をほどき、苦りきった顔でこう告げた。

「……ロザリオは、今手元にないんだ」

アリシアは表情もなくリチャードを見上げる。まじまじと。すぐには何を言われたのかわからなかった。

「ない……とは？　今は部屋に置いてあるということですか？」

「違う、そうじゃなく……俺の手元にないんだ。他人に預けてる」

「預ける？　どなたに？」

なかなか事態が呑み込めずアリシアは重ねて尋ねるが、リチャードは苦しげな顔で口を噤み答えようとしない。

浜辺で波に足元をすくわれるように、アリシアの足元を混乱の波が攫《さら》う。

「そんな、それでは意味がないではありませんか。私は貴方の旅の無事を祈ってロザリオをお貸ししたのです、旅の間、貴方が身につけていなければ意味がない」

「……わかってる。本当に申し訳ない」

「謝られる意味がわかりません、あのロザリオはどこです」

「ごめん、旅が終わったらすぐに返す。絶対に返すから……」

「当たり前です！　あれは私の、たったひとつの母の形見です！」

足元を濡らした混乱の波は、あっという間に高さを増して喉元へ迫る。冷静さを欠いたアリシアが声を荒らげると、リチャードが弾かれたように顔を上げた。

「……形見、だったのか」

「そうです！　でも、貴方が貸して欲しいと言うから、だから……」

王子なのに、誰からも旅の無事を祈られないのは可哀相《かわいそう》だと思った。ロザリオを手渡したときリチャードが子供のような顔で笑ったので、少しの間なら構わないと思った。それなのに。

激情に声を詰まらせたアリシアを見たリチャードは顔色を変え、ひどく焦った様子でアリシアの肩を摑んでくる。

「アリシア、すまなかった、母上の形見とは知らず……ひどいことをした、許してくれ。でも必ず返す、本当だ……！」

「――今さらどうしてそんな言葉が信じられますか！」

アリシアは渾身の力でリチャードの手を振り払う。指先は無意識に胸元へ伸びるが、そこにロザリオの感触はない。不安な気持ちを鎮めることができない。

「祈りを込めた銀製品を手放すなど……相手の祈りの心を手放すのと一緒です！　ロザリオと一緒に、貴方は私の心まで捨てた！」

「違う、アリシア、そんなつもりは――……」

「貴方でなければ貸さなかったのに！」

声を震わせてアリシアが叫ぶと、リチャードの唇が止まった。心臓に直接石つぶてをぶつけられたような顔で、瞬きすらも止まる。

その顔を見て、アリシアも自分の本心を垣間見《かいまみ》せてしまったことを悟り、カッと顔を赤くした。

「出ていってください！　今すぐに！」

「アリシア、待ってくれ、俺は」

「聞きたくもない！　貴方の言葉には真実がない！」

叫びながら、その通りだ、とアリシアは思う。リチャードの言葉は恐ろしく甘美だが、そこには心が伴っていない。

その証拠に、あんなにも熱心に欲していたロザリオを、あっさりと他人の手に渡した。

「――貴方が出ていかないのなら、私が宿を出ます」

部屋から去ろうとしないリチャードにアリシアは低く告げる。今にもドアに足を向けようとするアリシアを見て、リチャードは苦渋に満ちた顔で身を引いた。

部屋を出る直前、リチャードは振り返って呟く。

「本当に、申し訳ないことをした。……すまなかった」

許して欲しい、とはもう言わず、リチャードは静かに部屋の扉を閉める。

リチャードが出ていくまで射抜くような目でその姿を睨みつけていたアリシアは、足音が遠ざかるのを待って傍らのベッドに突っ伏した。

息を吸い込むとひどく胸が痛んだ。空気を入れる隙間もないくらい胸に痛みが詰まっている。強く目を閉じると目の端に涙がにじみ、アリシアはそれをシーツに擦りつけた。

母の形見のロザリオは、持ち得るものの中では一番と言ってもいいほどアリシアにとって大切なものだった。それを軽々しく扱うことは、アリシア自身を軽んじたも同然で許せなかった。

そしてアリシアは、改めてリチャードと自分の関係性を思い知る。

(あの王子の言葉に真実などない……。私はただの兵士で、王子が兵士にかける言葉に、真実を込める必要などないのだから)

きっとこれまでアリシアにちょっかいを出してきたのも、退屈な旅路で気を紛らわせるためだったのだろう。今夜部屋を訪ねてきてくれたのも、賊に襲われたアリシアを気遣ったわけではなく、結婚前の最後の女遊びに興じるつもりだったのかもしれない。

自虐的すぎる思考を笑い飛ばすこともできず、アリシアは声もなく涙を流す。

強いて怒りに火をつけようとしても、その下からにじみ出る悲しみが怒りの火を呑み込んで上手くいかない。

シーツに流れる髪を眺め、アリシアは他人事のようにぼんやりと思う。

(せめて姫君に会う前までは、王子が私のことを見ていてくれると思っていたかったんだな、私は……)

軽薄なリチャードの言葉に、いくらかの真実が潜んでいればいいと思った。ラクシュマナフの姫君との結婚を阻むことはできなくとも、リチャードが最後に恋をするのが自分であればまだ慰められると思っていたのだ。

そんな報われないことを思ってしまうほどに、自分はリチャードに恋をしていた。

(……こんなことなら最後まで、認めずにいればよかったものを)

こんなタイミングで己の恋心を認めてしまう自分をアリシアは嘲笑《あざわら》う。

ごまかそうにももう限界だ。自分はリチャードに恋をしていた。

アリシアにドレスを着せて、ダンスに誘い、初めて女性扱いしてくれた。そんなリチャードに最初こそ居心地の悪さを覚えたものの、次第に惹かれていった。

男に負けまいと体を鍛え、剣術を磨いてきたアリシアは、いつからか誰かに庇われることがなくなってしまったが、リチャードは当たり前にそんなアリシアを背中に庇った。舞踏会では自身の手を傷つけながらナイフをバラの花に変え、賊に襲われたアリシアを助けようと隊員たちの制止を振り切って追いかけてきてくれた。

どうして惹かれずにいられただろう。表向きは強がってみても、リチャードに傾倒していく心は止められなかった。

せめて嗚咽《おえつ》は漏らさぬようきつく唇を嚙み締めると、アリシアはシーツに顔を埋めた。

涙は枯れない。この期に及んで募っていくリチャードへの恋情を形にしたかのように、止めどなくアリシアの頰をこぼれ落ちていく。

結局それは、明け方近くまでアリシアの頰を冷たく濡らし続けたのだった。

ラクシュマナフの国土は広大だ。国境を越えたはいいものの、皇帝の住まう城へは馬で丸一日かかる。

ラクシュマナフに入った翌日、アリシアたちは再び北を目指した。

前日の騒動で馬車は大破してしまったので、新しく馬車を新調してリチャードを乗せる。

自国から遠く離れた国の中を歩くので、馬車の窓を開けることも禁止した。

宿を出てからアリシアは一度も兜を外さなかった。泣き腫《は》らした目を、リチャードはもちろん隊員たちにも見せることはできなかったからだ。そのため朝食も辞した。

アリシアが馬車を離れ、隊列の先頭を走っていても、もうリチャードは馬で追ってこない。

ホッとしたような、肩透かしを食らったような、複雑な気分だった。リチャードのことだからけろりとした顔で馬を並べ、城に着くまでアリシアの機嫌を取り続けることもあり得ると思っていたのだが。

（……今更そんなことをする必要もないか）

もうすぐ絶世の美女と噂される帝国の姫君に会えるのだ。無骨な鎧に身を包んだ自分の相手をする気にもなれないのだろう。

正面から吹きつける冷たい風が、アリシアの体をしんしんと冷やしていく。

身勝手なリチャードの態度をせめて腹立たしく思えれば気が楽なのだが、恋心を自覚してしまったアリシアの胸に積もるのは、淋しい、恋しい、という重苦しい感情ばかりだ。

それでも計画通り隊を進めることだけは忘れず、アリシアたちは日没間近にラクシュマナフ皇帝の住まう城へ辿り着いた。

皇帝には、事前に書簡でリチャードが訪れることを伝えている。後はいよいよ城門を潜るだけという段階で、思いがけないことが起きた。

リチャードの入城が門番によって拒まれたのだ。

事前に連絡はしているはずだと説明したが、門番の態度は翻らない。皇帝陛下とは会えないの一点張りで追い返されてしまった。

この状況ではさすがにリチャードの意向を訊かないわけにもいかず、アリシアは馬車の窓からリチャードに事情を話した。

ここに来るまで、リチャードは馬車の中でどんな顔をしていたのだろう。そんなこともふと思ったが、窓から顔を出したリチャードは昨晩のことに対するこだわりのようなものも見せず、真剣な顔で善後策を練っていただけだった。

ターゲットはもう、アリシアから帝国の姫君へと移ったようだ。そう悟った途端、アリシアは鎧の中に押し込めた体が、さらさらと砂のように崩れていく錯覚に襲われる。

リチャードから関心を向けられなくなった自分が、中身のない鎧のように感じられた。見た目だけは強固だが、叩くと空疎な音がする。

そんなことを思うアリシアを横目に、リチャードは城下町に宿を取るようアリシアたちに言いつけた。すでに日は落ちており、確かにこれから移動するのは難しい。

リチャードに命じられるまま宿を取ったアリシアは、皆が寝静まった頃、自室のベッドでひっそりと決意を固めた。

（……明日には、私ひとりでフィレーニへ帰ろう）

思い立つなりアリシアはベッドを下り、ひとり黙々と帰り支度を始めた。

リチャードがあとどのくらいこの国に留まるつもりか知らないが、姫君と会うためにあれこれと画策する姿をこれ以上間近で見ていられなかった。

今は怒りも悲しみも麻痺《まひ》し、凪《なぎ》のように静まっている心も、やがて嫉妬の嵐でかき乱されれる。そうなればもう、リチャードの護衛をこなすことも難しくなるだろう。そんな自分が隊長として上に立っていれば、隊員たちの動きも乱れる。

リチャードと隊員を置いて国へ戻るのは、任務放棄に他ならない。恐らく騎士団からは除名されるだろうが、それも致し方ないと諦めた。隊で最も信頼の置ける隊員に後のことを任せ、国に帰ったらしばらくぼんやり過ごしたい。

罰を受けるのはその後だ。

本気でそんなことを考えながら身支度を整えていると、ふいに部屋の扉が叩かれた。

すでに夜半は過ぎ、一体誰だとアリシアは扉に近づく。何か問題でも起きて隊員が報告に来たのかと扉を開けたアリシアは、ドアの向こうにリチャードの姿を見つけ息を呑んだ。

リチャードは、闇に紛れるような濃紺の外套を着ていた。その表情は硬く、面白半分でアリシアの部屋を訪れたわけではなさそうだ。かといって、昨晩の話の続きとも思えない。もっと切迫した雰囲気を纏っている。

何事か起こっていることを察し、無意識に騎士然とした顔つきに戻ったアリシアはリチャードを部屋へ招き入れる。

リチャードは部屋に入ると、余計な前置き抜きで言った。

「つい今しがた城から使者があって、今すぐ入城するよう言われた。城内には俺と、もうひとりしか入ることを許されなかった」

何かある、とは思っていたが、予想を掠りもしない非常事態だった。

真夜中に城内へ通されるというのも異例なら、護衛がひとりしかつけられないというのも異常だ。昼間は入城を断っておいて、こんな夜中に今すぐ来いと言うのもおかしい。

真夜中にリチャードを人目につかない場所に呼び寄せ、その場で亡き者にする、という思惑が真っ先に浮かんだ。血の気の引いたアリシアの顔を正面から見据え、リチャードは短く告げる。

「俺は、君についてきて欲しい」

たったひとり伴うことを許された護衛に、リチャードはアリシアを選んだらしい。

アリシアは二の句が継げず黙り込む。どの角度から考えても腑《ふ》に落ちない。真夜中の入城、たったひとりの護衛、そして護衛に自分を選ぼうというリチャードも。

「……何かの、罠《わな》なのでは？」

「その可能性は否定できない。だから、君には断る権利がある」

リチャードも最悪の状況は想定済みらしい。しかしその顔はもう、すっかり覚悟が決まっている。

アリシアはすぐに返事をすることができず、自身の爪先に視線を落とす。

リチャードを城へ手引きしたのは皇帝だろうか。その理由はわからない。問題はこれが罠だった場合だ。自分ひとりでリチャードを守れるだろうか？

黙り込むアリシアをしばらく見詰めてから、リチャードは静かに言った。

「君が来ないのなら、俺ひとりで行く。朝になっても俺が城から戻らなかったら、君たちはすぐ国へ戻ってくれ」

言いながらもすでにリチャードは踵を返しかけていて、アリシアはとっさにその外套を掴んだ。駆け引きをするつもりもないらしいリチャードの姿を見て、アリシアもようやく覚悟を決めた。

「少しお待ちください。鎧をつけます」

「わかった。——ありがとう」

いつになく改まった礼をして、リチャードがいったん部屋から出る。

アリシアは手早く鎧を身につけながら、何が起こるのだろう、と強張った顔で思った。

自分たちは牙を研《と》いだ獣が待ち受ける檻《おり》にまんまと足を踏み入れようとしているのだろうか。それとも、半島と帝国との関係性が劇的に変化する瞬間を目の当たりにしようとしているのか。

わからないが、恐らくこれがリチャードの前で騎士らしく振る舞える最後の機会だ。

腰に剣を佩《は》き、落ち度なく務めを果たしたい、とアリシアは強く願う。そして最悪の場合は、リチャードの盾になって倒れたい。

騎士らしく。

リチャードにとって自分の価値は、もうそこにしかないのだと思った。

使者に命じられた通り馬にも乗らず、リチャードと夜の闇に紛れるようにして城門の前に立つと、門番が黙って兵士専用の通用門から中へ通してくれた。

城内に入るとすぐに別の兵士がやってきて、短くついてくるよう告げられる。

長く続く石造りの廊下は、ところどころろうそくの火が灯っているだけで薄暗い。人の気配も感じられず、石の壁や天井に跳ね返る靴音がやけに大きく響いた。

アリシアはいつでも剣を抜けるよう警戒しながら廊下を歩く。ときどき古ぼけた肖像画が目の端を過ぎってぎくりとした。明かりが乏しいせいかどことなくくすんだ色合いの絵だ。絵だけでなく、城全体に手入れが行き届いていない印象を受ける。

(まるで打ち捨てられた廃城のような……)

北の大帝国を束ねる皇帝の城がなぜこんなにも荒《すさ》んでいるのだろう。疑問に思いながら廊下を進み、アリシアたちは謁見の間に通された。

そこは縦長のだだっ広い部屋だった。床には白い大理石が敷き詰められ、その中央に赤い絨毯が敷かれている。長々と続く絨毯の先には数段ほどの階段があり、その上に玉座が置かれていた。玉座の背後には、国旗の図案を刺繍《ししゅう》した赤い布が掲げられている。

玉座の上には、誰かが座っているようだ。

皇帝だろうかとアリシアは目を凝らしたが、もしそうなら玉座へ続く絨毯の左右に近衛兵がずらりと並ぶくらい厳重な警備が敷かれているはずだ。広い室内には玉座に座る人物の他に誰もいない。

アリシアたちをここまで案内していた兵すら役目は終わったとばかり部屋を出てしまい、室内にはアリシアとリチャード、玉座の人物の三人だけになってしまう。他国の王子の前に、王をたったひとり残していくことなどあり得るだろうか。

やはり何かの罠なのではと警戒を強めるアリシアとは対照的に、リチャードは迷いなく玉座へ近づいていく。アリシアもいつどこから攻撃されても対応できるよう、抜かりなく周囲へ視線を配りながらその後に続いた。

しかし隠し扉のような場所から兵士が飛び出してくることもなく、とうとう二人は玉座に座る人物の目鼻立ちがはっきりと見える位置までやってくる。

玉座に座っていたのは、白く長い髭《ひげ》を生やした老人だった。髪も同じように長く、だらりと背中に流している。他国の王子を迎えるにはふさわしくない白い寝巻のような服を着て、痩せた体が闇の中に白くぼんやりと浮かび上がっているようだ。

リチャードはその場に膝をつくと簡潔に自己紹介を済ませ、玉座の人物に向かって深々と頭を下げた。

「お目通りいただき光栄です、皇帝陛下」

やはり、目の前にいるのはラクシュマナフの皇帝で間違いないようだ。

アリシアもリチャードにならってその場に膝をつくものの、内心の驚きは隠せない。かつて北の国々を圧倒的な武力で制圧し、魔王とまで囁かれたラクシュマナフの皇帝の顔には、まるで生気が感じられなかった。

「……堅苦しい挨拶はいい。立て。そなたの手紙の真偽について尋ねたい」

乾いた木の枝を擦り合わせるような、掠れて覇気のない声で皇帝は言う。

リチャードは言われるままに立ち上がると、なぜか背後に控えるアリシアも立つよう促した。その間も、皇帝は疲れた様子で玉座に背中を預けたままだ。

「フィレーニの若き王子よ。そなた、昼にこの城を訪れた際、我が娘に結婚を申し込みに来たと言ったらしいが」

「その通りです、皇帝陛下。貴方のもとを去って久しい姫君を、私の妻にしたいのです」

皇帝の前で立ったり座ったりするのは不敬に当たるのでは、と戸惑いながら立ち上がったアリシアは、一瞬リチャードの言葉を聞き逃す。聞き間違いかとリチャードに視線を向けるが、リチャードは堂々と皇帝を見据えてさらに言った。

「もう十年以上、ラクシュマナフ国民の前にすら姿を見せない姫君です。後宮にいらっしゃると多くの者は考えているようですが、実はもう何年もこの城にはいないのでは？」

「……手紙にもそのようなことが書かれていたな。して、なぜそう思うに至った？」

唐突すぎるリチャードの推理に目を白黒させるのはアリシアだけで、皇帝は玉座に肘をつき、さほど表情も変えずに尋ね返す。

「今から十数年前、我が国ではこんな噂が流れるようになりました。帝国の皇后と姫君がこの国に亡命した、と」

皇帝と対峙しているというのに、リチャードは普段と変わらぬ滑らかな口調で喋る。隣に立っているアリシアの方が、話の行きつく先が見えず落ち着かなく指を握り締めているくらいだ。

「その気になれば半島全土を制覇することなど造作もない帝国の皇后と姫君が亡命するなんて、それほどに我が国は素晴らしい、という、自国を賛美するフィレーニ国民の戯言に過ぎないと思われていました。しかし、なんのきっかけもなくそのような突拍子もない噂が人の口の端に上るでしょうか？」

どうでしょう、と尋ねるようにリチャードは小首を傾げるが、皇帝は眉ひとつ動かさない。

リチャードは、「私はそうは思いません」と言い切った。

「どうにも気になって調査したところ、ちょうど帝国の皇后と姫君が国民たちに姿を見せなくなったのと同じ頃、フィレーニとセルヴィの国境付近で旅人を乗せた馬車が賊に襲われたという情報を得ました。馬車には御者の他に、二人連れの母娘が乗っていたそうです。それこそが、この国の皇后と姫君だったのでは？」

ラクシュマナフの姫君が滅多に人前に顔を出さないことは近隣諸国でも有名だ。深窓の令嬢で、皇帝が溺愛《できあい》して人前に出さないのだろうと人々は囁き合い、見たことがないゆえに絶世の美女と噂されるようになったことくらいはアリシアも知っている。

しかしその噂を元に、本当に姫君が国にいない、などとどうして想像できただろう。

(それに、本当に姫がいなかったとしたら、王子はどうしてこの国へ……?)

混乱するアリシアを尻目に、リチャードはさらに続ける。

「馬車に乗っていた母娘を助けたのは我が国の騎士団長でした。ですが残念ながら母親は命を落とし、助かった娘も賊に襲われたショックで記憶に混乱をきたしてしまい、過去に自分がどのような生活を送っていたのか思い出せなくなってしまったようです」

それまで黙ってリチャードの話に耳を傾けていたアリシアは、ふいに心臓を裏側から叩かれた気分になって息を止めた。

リチャードが語るその母と娘は、どう考えてもアリシア母娘のことだ。

アリシアはリチャードの横顔を凝視する。リチャードの顔には焦りも緊張もない。むしろ落ち着いた表情の下で何を考えているのか、まったく読めない。

皇帝もまだリチャードの言葉を話半分に聞いているようで、肘掛けに頬杖をついて軽く鼻を鳴らす。

「して、その母娘とやらがこの国の皇后と姫であると考えた理由はなんだ。皇族専用の馬車にでも乗っていたか？」

「いいえ、もしもそうならすぐに騎士団長が気づいたでしょう。お二人は実に質素な馬車に乗っていたそうです」

「ならば単なる旅人と考えるのが普通だろう。それなのに、なぜ」

「それはもちろん、皇帝陛下がこうして私とお会いしてくださった理由がそのまま答えです」

皇帝が無言で眉根を寄せる。だがアリシアにはさっぱり話が見えない。

皇帝が深夜に人払いまでしてリチャードと謁見しているということは、リチャードの言葉には何某《なにがし》かの真実が含まれているのだろう。そしてそれを裏づけるだけの何かをリチャードは事前に提示したのだ。しかしそれがなんなのか、アリシアには見当もつかない。

さりとて皇帝と王子の会話に割り込むこともできず、兜の下から焦れた視線をリチャードに送り続けていると、それを察したように横目でリチャードがこちらを見た。その目がわずかに細められる。

皇帝に視線を戻し、リチャードは抑揚豊かに尋ねる。

「先にお送りしたロザリオをご覧になられたのでしょう？」

ロザリオ、という言葉にアリシアの全身が震えた。鎧がわずかに音を立て、一瞬だけ皇帝の視線がアリシアに向けられる。だがそれはすぐリチャードに戻り、話の続きを促す視線へと変じた。

リチャードは皇帝の返答を無理に引き出そうとはせず、話を引き取る。

「かつて帝国で暮らしていた者に確認をとりました。あれは確かに、この国の皇族だけが持ち得るものだと。貴方から直々にお言葉を賜《たまわ》ったこともあるという兵士の言葉です。十分信頼に足るでしょう？」

アリシアは兜の下で忙しなく瞬きをする。リチャードが言っているのはウルカウニで会った傭兵だろうか。あの大男にアリシアのロザリオを見せて確認したのか。その後ロザリオを誰かに預け、先に皇帝の手元へ届けた。そういうことだろうか？

「生き残った娘はそれを、母の形見としてずっと身につけていました。そのロザリオを見たからこそ、私も彼女が帝国の姫君ではないかと考えたのです。そして何より、彼女の背中には痣があります。皇帝の血を引く者に代々現れる、特徴的な痣が」

次の瞬間、それまで横柄な態度でリチャードの言葉に耳を傾けていた皇帝が玉座から腰を浮かせた。生気のなかった皇帝の顔に、初めて驚きの表情が走る。

「……そなた、なぜ痣のことを知っている？」

「それはもちろん、半島全土を駆け回って可能な限り情報を集めた結果です」

驚愕の表情を隠せない皇帝に向かって、リチャードはにっこりと笑ってみせる。

アリシアもまた、こんなときに意外な真実を知ってしまい唖然《あぜん》とするばかりだ。

その言葉を信じるなら、リチャードが半島内を駆け回っていたのは、ラクシュマナフの姫君に関わる情報を得るためということになる。半島各地に愛人を作っていたわけではなかったのだ。

(しかし、マゼラン公は女性を連れていたと……まさかそれも、周囲の目をごまかすためか?)

王子がひとりで他国をうろうろしていては不審に思われるので、秘密の恋人に会うふうを装っていたということだろうか。思い返せば舞踏会の夜、リチャードは連れてきた女性は恋人でも愛人でもないときっぱり否定していた。

様々な思いが駆け巡り言葉も出ない二人を横目に、リチャードは唇に笑みを含ませたまま軽やかな口調で続けた。

「この国の民は本当に口が堅い。もう十年以上顔を見せない皇后や姫が失踪、あるいは死亡している可能性を想定しながら、決してそれを他国に漏らそうとしませんでした。けれど一度国を出てしまった者は別です。様々な情報が得られました」

「そんなことはもういい。それよりも、そなたの言うその娘は一体どこにいる」

待ち切れなくなったのか、皇帝がリチャードの言葉を遮る。その顔からは余裕が消えて、リチャードの言葉が的を外していないことを如実に語っていた。

リチャードはおとなしく言葉を切ると、傍らに立つアリシアに視線を向けた。

「アリシア、その兜を取ってくれないか？」

兜のせいで視界が狭まっていたものの、玉座に座る皇帝が勢いよくこちらを見たのがわかってアリシアはうろたえる。

まさかリチャードが言う通り、自分がこの国の姫君だとでも言うのか。信じられないが、リチャードの言葉に齟齬《そご》はない。

アリシアはもう一度皇帝に視線を向ける。何かを切望するような目でこちらを見る老人の顔に見覚えはない。本当に自分があの皇帝の娘なのか、信じられるあては何もなかった。

それでも、リチャードと皇帝は揃ってアリシアが兜を脱ぐのを待っている。

重苦しい空気から逃げ出すこともできず、アリシアはぎこちない仕草で兜を取った。

兜の下でまとめていた金の髪がばらばらと落ちて、アリシアは軽く頭を一振りする。そして、緊張した面持ちで皇帝を見た。

「——エイザ！」

広い謁見の間に大きな声が響き渡る。

アリシアはそれを、すぐには皇帝の声と思わなかった。それまでの枯れた響きが嘘のように、声の隅々にまで生気がみなぎっていたからだ。

今や完全に玉座から立ち上がった皇帝が、驚嘆の表情を浮かべてアリシアを見ている。身じろぎもしない皇帝に凝視され、アリシアも皇帝から目を逸らせなくなった。

　お互いに言葉もなく見詰め合っていると、間に割って入るようにリチャードが柔らかな声を上げた。

「背中の痣も、ごらんに入れましょうか？」

　鎧の上から、リチャードがアリシアの肩にそっと触れる。そちらに顔を向けると、頼む、と懇願するようなリチャードの視線とぶつかった。

　背中の痣を他人に見せるのは、どうしたって強い抵抗感がある。とはいえ、場合が場合だ。断れる雰囲気でもなくアリシアは頷いたが、皇帝がそれを止めた。

「……必要ない、妻のエイザと瓜《うり》二つだ……」

　皇帝は片手で顔を覆うと、よろよろとした足取りで玉座の後ろに回り、壁にかけられていた緋色の布を摑んだ。国旗の紋様が刺繡されたそれをぞんざいに引き下ろすと、その後ろに隠されていた大きな肖像画が現れる。

　若かりし頃の皇帝と皇后を描いたものだろう。皇后の腕には赤ん坊が抱かれている。

　皇后はうっすらと青みを帯びた銀のドレスを着ている。その顔を見上げ、アリシアは目を丸くした。

　柔らかな笑みを浮かべた皇后の顔は、鏡で見る自分の顔そのものだ。

　リチャードも肖像画の皇后とアリシアを交互に見て、感嘆の声を漏らす。

「……すぐに君の兜を脱がせるべきだった。これ以上の物証はないな」

独り言のようにリチャードが呟くと、「その通りだな」と皇帝も力なく同意した。

再び玉座に腰を下ろした皇帝は、まず確信に満ちた表情のリチャードを見て、次に様々な疑問符を頭上に浮かべるアリシアを見ると、深く長い溜息をついた。

「十年以上も前の話だ……。私は北の領土を広げることに力を注ぐあまり、エイザや生まれたばかりの娘をおろそかにしてしまった……。妻のエイザは戦いに明け暮れる私に愛想を尽かし、娘とともに一般市民に身をやつしてフィレーニへ向かったのだ……」

昔語りはゆっくりと始まる。アリシアは息さえ潜めてそれに耳を傾けた。

皇后は、ラクシュマナフ国内にいてはすぐに皇帝の手が回ると考えたらしい。かといって交戦中の隣国へ幼い子を連れていくのは危険だ。思案の末、皇后は身分を隠して国を離れ、半島内でも比較的治安のいいフィレーニへ向かった。

「戦より家族の方が大切だと、愚かな私に気づかせようとしたのだろう。私が迎えに来るまで、娘と二人で美しい海でも眺めて過ごそうとしていたらしい。それが、こんなことになってしまうとは――……」

当時のことを思い出したのか、皇帝が両手で顔を覆った。柳の枝のように細い指先が震えていて、アリシアはなぜか胸が痛くなる。

「妻と娘が国を出たと知ったとき私は遠征中で、戦いが終わり次第迎えに行けばいいと気楽に構えていた。行先もわかっている。妻がその地を気に入ったのなら、帰りしなに半島を制圧してもいい。そんなふうにすら思っていた。だが二人がフィレーニへ到着したという知らせは一向に届かず、辛うじて逃げ帰った御者が、二人は賊に襲われて死んだと……」

そこで言葉を詰まらせ、皇帝は両手を膝に下ろした。長く伸びた髪の下に見え隠れする顔は、深い後悔に歪んでいる。

「あのとき、戦など放り出してお前たちを追いかければよかった……残ったのはこの冷え冷えと広大な大地だけだ。戦から帰っても私を迎えてくれる家族がいない、こんなものが一体なんになるだろう……！」

膝に置いた手を握り締め、皇帝は低く呻く。それからゆっくりと面を上げ、やつれきった顔でアリシアを見詰めた。

「……アリシア。今もその名で呼ばれているか……？」

突然皇帝に声をかけられ、アリシアは緊張した面持ちで背筋を伸ばす。返事を忘れているとリチャードに軽く背中を叩かれ、慌てて「はい」と返した。

「そうか……記憶を失っても母から与えられた名前だけは失わなかったのだな……。こちらへおいで」

玉座から皇帝が手を差し伸べる。だが、今の今まで自分を他国の一般人と思い込んでいたアリシアは容易に玉座へ近寄ることができない。戸惑ってリチャードを振り返ると、リチャードが優しい顔で頷いた。

「行ってあげたらいい。皇帝はずっと君の帰りを待っていらしたんだ」

「し……しかし、私のような者が……」

「何言ってるんだい。君はこのラクシュマナフのお姫様だよ」

おかしそうに笑って、リチャードがその場に膝をついた。目上の者にするようにかしずかれ、アリシアはひどく狼狽する。王子が臣下に取る態度ではない。

慌てふためくアリシアを見上げちらりと笑みをこぼすと、リチャードは手甲をつけたアリシアの手を取り、防具の上からその手にキスをした。

「怖がらずに行っておいで。――ご武運をお祈りします、姫君」

改まった表情で頭を下げられ、アリシアの動揺は増幅するばかりだ。寄る辺を失って玉座を振り返れば、皇帝はまだアリシアに向かって手を伸ばし続けていた。

これ以上、皇帝を待たせるわけにもいかない。

様々な価値観がいっぺんに翻って混乱を収められないまま、アリシアは一段一段玉座に至る階段を上った。

玉座の前に立つと、皇帝に両手を差し伸べられた。どこか患っているのではないかと思うほど細いその手を見下ろし、アリシアもおずおずと指を伸ばす。

アリシアの右手を取ると、皇帝はその手を両手でしっかりと包み込んで深く目を閉じた。

万感の思いを込めたその表情を見ても何ひとつ蘇る記憶はなく、いっそ罪悪感のようなものがアリシアの胸に湧き上がる。

いつまでも自分の手を握り締めて離さない皇帝に、アリシアは遠慮がちに声をかけた。

「……皇帝陛下、私は何も覚えていません。今も信じられないくらいです、私がこの国の姫君などと。まして、貴方が父親だとは――……」

「……わかっている、そなたは幼かった。そなたに顔を覚えさせる暇もないくらい戦場を飛び回っていた、私が悪いのだ。だからよい。……ただその顔を見せておくれ」

皇帝が瞼を開くと、皺に埋もれたアイスブルーの瞳がアリシアを捉えた。

冬の空のように青く透き通ったその目には見覚えがあった。鏡に映る自分の瞳と同じ色、ロザリオに埋め込まれた宝石と同じ輝きだ。

この目の色は確かに自分と同じだと思ったら、防具の上からでは本来伝わってこないはずの相手の体温が、ゆっくりと指先から流れ込んできた気がした。

アリシアを見詰める瞳が優しい曲線を描き、皇帝が笑った。

「エイザにそっくりだ。美しくなった……。その顔が見られただけで、十分だ」

アリシアの手を握る指先に力を込め、皇帝は天を仰いだ。

「凍土に縛りつけられていた私の魂も、ようやく朝日に溶かされる――……」

さまざまな感情のこもった声は、広い謁見の間の隅々にまで響き渡る。

玉座の後ろでは、アリシアの姿をそのまま写し取ったかのような皇后が、絵の中で柔らかな笑みを浮かべ続けていた。


皇帝との謁見を終えたその翌日、アリシアの人生は劇的に変化した。

まず宿に残していた隊員たちが残らず城に呼ばれたのを皮切りに、皇帝の主立った臣下たちも続々と城に呼び寄せられた。

アリシアは朝からドレスに着替えさせられ、またしても慣れない身支度で疲労困憊《ひろうこんぱい》したところを人々の前に引きずり出された。

そして皇帝は居並ぶ人々の前でアリシアの肩を抱き、アリシアこそ自分の娘だと明言したのだ。

失ったと思っていた娘を取り戻した皇帝からは病人のような影が失せ、朝一番で身なりを整えたのか、長かった髪も髭もさっぱりと切り落としていた。正装に着替えたその姿は、前夜から十以上も若返ったようだ。

翡翠色《ひすいいろ》のドレスに着替えたアリシアも侍女たちに美しく飾り立てられ、とても昨日まで鎧を着て馬に乗っていたとは思えない。

アリシアが突然他国の姫君だったと明かされた隊員たちは愕然としてすぐには身動きも取れなかったようだが、皇帝の周囲にいた臣下たちは快哉を叫んだ。

臣下たちから本物の姫か疑われることも覚悟していたアリシアは、あっさりと認められ肩透かしを食らったものだが、彼らは姫君が見つかったことより、皇帝がかつての生気を取り戻したことを喜んでいたらしい。

十年以上も病人のようにやつれた皇帝が国を治めていたことに比べれば、姫君の真偽など些末な問題でしかなかったのかもしれない。

このことはラクシュマナフ国民にも伝えられ、国内は俄かに活気づいてお祭り騒ぎとなった。皇后と姫君が失踪していたことを皇帝が公にしたことはなかったが、これだけ長く姿を見なければ、国民たちも何事かあったのだろうと予想はついていたようだ。

皇后が亡くなっていたことも併せて伝えられたものの、今は娘の帰りを何より祝ってほしい、と皇帝は乞い、愛国心強いラクシュマナフの国民はその願いを忠実に叶えた。おかげで城下町は朝も夜もなく華やかな喧騒に包まれっぱなしだ。

そしてリチャードは、アリシアをラクシュマナフへ無事連れ帰った功労者として、人々の前で皇帝から深い感謝を表明された。

皇帝の前でひざまずき、神妙に頭を垂れて謝辞を受けるリチャードに、臣下も、国民も、ラクシュマナフの人々は惜しみのない拍手を送った。

そしてアリシアが皇帝の娘だと知れた、その三日後。

アリシアにとって、予想もしていないことが起こった。

リチャードとアリシアが、本当に結婚することになったのだ。

素性が知れるなり早々に城で寝泊まりすることになったアリシアは、その事実を侍女から聞かされた。

アリシアの体には激震が走り、その衝動のまま皇帝のもとへ駆けつける。

「失礼いたします！　皇帝陛下、おいでてでしょうか！」

「おお、アリシア。今日も元気そうだな」

壁際にずらりと本が並ぶ書斎の窓辺。椅子に座って膝の上で本を広げていた皇帝は、アリシアを見るなり相好を崩して手招きをした。その顔から、深夜の謁見の間で見た不穏な空気は消え去っている。

一度家族を失う絶望を喫したせいか、皇帝のアリシアに対する溺愛ぶりは凄まじかった。何しろ部屋に毎日新しいドレスと靴と宝石が届く。

ドレスを身につける習慣など微塵もなかったアリシアにとっては嬉しいよりも戸惑う事態だが、すでに手元に鎧はなく、シャツやズボンの用意もない。他に身に着けられるものもないので、慣れないドレスに悪戦苦闘する日々だ。

今日は菫色《すみれいろ》のドレスに身を包んだアリシアを、皇帝は花でも愛でるような目で眺め、満足気に頷く。

「なかなか似合っている。うん、我ながらいい見立てだ」

「あ、ありがとうございます……。……いえ、そうではなく！　リチャード王子と私が、結婚することになったとお聞きしましたが!?」

「ああ、昨日改めて王子から申し出があってな。受けておいた」

「なぜですか、皇帝陛下！」

「お父様、と呼びなさい」

短期間で北の国々を制圧し、魔王と恐れられていたとは思えないほくほくとした顔で皇帝は笑う。子供じみて邪気のないその顔を見ていると慇懃無礼《いんぎんぶれい》に振る舞うのも心苦しくなり、アリシアは口ごもりつつ訂正した。

「な、なぜです……お、お、お父様……」

「よい響きだな。娘にお父様と呼ばれるのは」

椅子の背凭れに身を任せ、音楽に聴き入るように皇帝は目を閉じる。一向に話が進まずアリシアが黙り込むと、ようやく皇帝も笑って椅子に座り直した。

「そなたは何が不満かね。単身お前を探し出し、こうしてこの国まで送り届けてくれた王子だ。頭も回るし行動力もある。娘の婿にするには文句のつけようもないだろう？」

「それは、その……しかし、よろしいのですか……？」

「ようやく戻ってきた娘をもう少し手元に置いておきたい気もするが、花の命は短いと言うしな……ならば孫の顔を早めに拝ませてもらうことにしたまでだ」

気の早い話を始める皇帝に、アリシアはなんと言ったものか大いに悩む。

親の決める結婚に子供の意見など反映されないのは世の常だ。国同士のこととなればなおさらである。ラクシュマナフの皇女となった以上、政略結婚を強いられることは致し方ないが、それにしてもどうして相手がリチャードなのか。

「……これまでほとんど親交がなかったフィレーニの王子に、みすみす娘を嫁がせることに懸念はないのですか？」

隣国の王子ならまだしも、フィレーニという国すら皇帝はよく知らないはずだ。

皇帝は腹の上で手を組んで、ふむ、と天井に目を向ける。

「王子自身の素質はすでに十分すぎるほど見せてもらったからな、人となりに心配はない。あの王子が治めるのなら、フィレーニも安泰ではないか？」

大国の皇帝にここまで言わせるとは。この数日間、リチャードはどんな態度で皇帝と接してきたのだろう。相変わらず、その手腕には恐れ入る。

皇帝は目を閉じて、口元に微かな笑みを浮かべた。

「王子の目論見《もくろみ》とて、わからないわけではない。我が国の地下資源が目的だろう。だがフィレーニはそなたが育った国だ。そちらにはそなたの養父もいると聞く。ならばフィレーニにありったけの資源を送り込んでも悔いはない。そなたもフィレーニに輿入れすれば、慣れ親しんだ土地で生活できる」

そんな未来予想図を語る皇帝の横顔からは土地や資源に対する執着がすっかり漂白され、ただ娘の幸せだけ祈っていることが伝わってくる。

アリシアにとってもフィレーニに戻れるのはありがたい。ラクシュマナフの資源が生まれ育った国に流入するのも喜ぶべきことだ。

しかしそのために、自分がリチャードと結婚することになるとは。

なかなかどうして、現実味が湧かない。自分がこの国の姫君だと受け入れるのと同様に、王子と結婚するなど現実離れしている。

「まだ……気持ちの整理がつきません……」

「なぁに、結婚なんてそんなものだ。輿入れの日、妻も同じようなことを言っていたな。貴方と夫婦になる実感が湧かない、などと……」

「い、いえ、そういう話ばかりでなく……」

年頃の娘のように、急な見合い話に戸惑っているわけではないのだ。ことは国家の問題に及ぶ。だが、家族を取り戻したばかりの皇帝はその辺りの思慮深さを一時手放してしまったらしい。

「アリシア、あの王子はなかなかどうして、傑物だぞ」

「……なぜそう思われます？」

「こう言っては悪いが、フィレーニは弱小国家だ。その王子がたったひとり、私相手に取引を申し出てきたのだからな。『失踪した姫君が我が国にいます。ぜひ直接お会いして、仔細《しさい》ご説明したく』と、こう手紙に書いてよこしてきた。しかも後から聞いてみれば、その時点ではまだお前を見つけてもいなかったそうだ。なんたる大胆不敵」

皇帝は愉快そうに笑い、軽く指を鳴らした。すると広い書斎のどこかで気配を殺して控えていたらしい従者が現れ、アリシアのために椅子を持ってくる。少し話をしようということらしい。

アリシアが椅子に腰かけるのを待ち、皇帝は子供におとぎ話でも聞かせるようなゆったりした口調で続ける。

「半島を駆け回って、我が国の皇后と姫君が失踪しているという噂だけは嗅《か》ぎつけたが、その真偽のほどがわからない。それで確証もないまま私に手紙を送りつけてきたそうだ。私も返事として、王子に国境を越える許可証だけ送っておいた。一縷《いちる》の望みをかけてな」

そうなって初めて、リチャードは姫君の身代わりになる人物を探し始めた。

そのときすでにリチャードは臣下たちから帝国へ求婚に行くようせっつかれていたらしく、事は一刻を争った。そこで、城の近くで時折見かけるアリシアに目をつけたらしい。肌の色や髪の色がラクシュマナフ国民と似通っていたのがその理由だそうだ。

自分が選ばれた経緯を知り、アリシアは呆れてしばし絶句した。

「……そんな雑な理由で……もし別人だったらどうするつもりだったのでしょうか」

「そのときは、自分はこの人物が姫と信じて疑わなかった、で押し通すつもりだったらしい。皇帝陛下のために姫を探し、こうして遠路はるばるやってきたのです、話だけでも、と拳を振るって私を懐柔するつもりだったようだな」

「……もしそうなっていたら、ほだされましたか？」

「さて。あの王子のことだから、上手いこと口車に乗せられていたかもしれないな」

思案気な顔で皇帝がそんなことを言うので、思わずアリシアはクスリと笑う。確かにリチャードなら、相手の懐に飛び込んでしまいさえすれば、後はどうにでも相手を言いくるめてしまいそうだ。

アリシアの笑顔に気をよくしたらしく、皇帝はその後のリチャードの行動についても滑らかな口調で語った。

旅立つ直前、アリシアが特徴的な形のロザリオを持っていることを知ったリチャードは、このとき初めてアリシアこそ本物の姫君ではないかと考えるに至ったらしい。

しかしこの時点ではまだ半信半疑で、確認は旅の途中でひとつひとつ行われた。

ラクシュマナフの傭兵とは以前から顔見知りで、彼にロザリオを見せるのが先決だった。

しかしそこで、期せずしてアリシア本人の顔を傭兵に見せることになった。アリシアは皇后に生き写しだと相手が語るのを聞いて、ようやく確信を得たという。

「背中の痣は、セルヴィの舞踏会で確認したと言っていた。騎士団の団長であるそなたにドレスを着せるのは一苦労だと言っていたぞ。痣が見えるほど背中の開いたドレスなど、そなたも気恥ずかしかっただろう？」

のどかな口調で皇帝に問われ、アリシアはわずかに表情を強張らせる。

強引な理屈でドレスを着せられた理由を、今になって理解した。

背中の痣を確認するために、リチャードはなんとしてもアリシアから鎧を脱がせる必要があったのだ。思い返せば旅の初日も、アリシアのシャツの襟を後ろから引っ張ってきた。

しかし宿ではアリシアが予想外の抵抗を見せたため、作戦を変えたのだろう。

そこで貴族の屋敷に立ち寄りアリシアにドレスを着せたものの、思ったより背中の下部に痣があったため、ドレスを着た状態では痣を確認することができなかった。だから。

（……だから、あんなことを？）

そのためにリチャードはアリシアのドレスを脱がせたのだろうか。その後肌を合わせたのも、ものついででしかなかったのか。

情熱に突き動かされて自分を抱いたわけではなかったのかと思ったら、胸の奥に冷たい水が満ちてくる。

リチャードが改めてアリシアに結婚を申し込んだと聞かされたとき、戸惑いとともに胸に萌《きざ》していた期待がたちまちしぼんだ。

「さて、そろそろ会議の時間だ。続きはお茶の時間にでもしよう」

膝に乗せていた本を閉じ、皇帝が椅子から立ち上がる。

アリシアも立ち上がり、騎士の頃のように頭を下げて一礼した。皇帝が苦笑しているのに気づき、慌ててドレスの裾を摘まむ礼に切り替える。

「リチャード王子には一度国に帰っていただき、そなたは後日フィレーニに輿入れする予定だ。それまでに、宮廷作法を学んでいきなさい」

娘を案じる父親の顔で言って、皇帝は部屋を出ていった。

部屋に残ったアリシアは、慣れない所作に渋面を作りつつ椅子に腰かける。

窓から見上げる空は快晴だ。フィレーニと違い寒さの厳しい土地ではあるが、閉め切った部屋で窓から射し込む陽射しを受けていると、頬がほんのり温かくなる。

窓枠に肘をつき、アリシアはリチャードのことを考える。

アリシアが城で生活を始めてから三日。リチャードとは一度も顔を合わせていない。隊員たちとともに客人として城のどこかで寝泊まりしているらしいが、詳しい場所まではアリシアにもわからなかった。

わかることといえば、皇帝及びその臣下が、リチャードと時間を惜しんで会議を繰り返していることくらいだ。

フィレーニとラクシュマナフはこれまでほとんどまともな親交がなかった。本来あるべき国家間のやり取りをすっ飛ばして婚姻関係を結ぼうというのだから、事前の綿密な打合せは不可欠なのだろう。

（これで何もかも、王子の思い描いた通りか……）

フィレーニに戻り、ラクシュマナフの姫君と結婚するとリチャードが告げれば、王の周りにいた臣下たちは態度を一変させるだろう。王を捨て、今度はリチャードに取り入ろうとしてくるに違いない。

強《したた》かなリチャードのことだから、周囲の反感を招くような劇的な変化は起こさないはずだ。だが国にとって邪魔なものはゆっくり確実に排除して、その間に抜かりなく父親を養生させるのだろう。季節が巡る頃には前王の周りにいた側近たちは軒並み姿を消し、信頼の置ける臣下だけがリチャードの周囲を固めているという算段だ。

半島には豊富な地下資源が流れ込み、半島内の余計な争いはフィレーニとラクシュマナフの二国で抑える。フィレーニ国内では医療や教育の分野に力が注がれ、理想論とせせら笑われたリチャードの計画は、こうして着実に現実に近づいていく。

（結婚は、そのための手段だ）

窓辺に凭れ、アリシアは目を伏せる。

リチャードの目的ははっきりしている。そのためなら、リチャードは恐らくどんな無茶もする。勝算もなく皇帝に手紙を送り、微かな希望だけを頼りに単身ここまでやってきたのがいい例だ。

旅の途中でアリシアを抱いたのも背中の痣を確認するために過ぎず、相手がアリシアと知った上で改めて結婚を申し出たのも、当初の計画通りことを進めているだけだ。

好きも嫌いもないのだろう。その証拠にアリシアが城に入ってから、リチャードは一度もアリシアを訪ねてこない。連日の会議で忙しいのはわかっているが、顔を見に来ることくらいできそうなものを。

(このまま結婚して……どんな夫婦になるのだろう)

思い浮かぶのは寵姫を侍らせるリチャードの父親の姿だ。リチャードも国や半島が落ち着いたら、あんなふうに美しい姫を何人も侍らせるようになるのだろうか。

何より知りたいのは、リチャードがこの結婚を心から喜んでいるのかどうか。アリシアのことをどう思っているのかだ。

(……好きになって欲しい、などと、望みすぎだろうか)

夫婦になった後、自分ひとりを見てくれと言うのはわがままが過ぎるだろうか。王ともなれば側室のひとりやふたりいるのは珍しくもない。

その気になれば今からでもリチャードを訪ね、その真意を問い質《ただ》すことは可能だ。だがどうしても足が竦む。リチャードから来て欲しい、と思ってしまう。

(……女々しくなったな、私も)

菫色のスカートを指先で撫で、アリシアは微苦笑を漏らす。

リチャードと小隊の隊員たちが先んじてフィレーニに戻ることが決まったのは、それから二日後のことだった。


リチャードたちが国へ帰るその前日、城内ではリチャード一行を盛大にもてなす宴が催された。

度重なる会議を経て、皇帝の側近たちもリチャードの聡明さを認めたらしい。加えてあの華やかな容姿だ。リチャードは人々から飛び切りの歓待を受け、宴では終始笑顔を絶やさなかったらしい。

らしい、と伝聞の形で語るのは、アリシアが宴に出席していなかったからだ。風邪《かぜ》気味なのでと断れば、皇帝はあっさり「ならばしっかり休みなさい」とアリシアの頭を撫でて引き下がってしまった。本当に娘に甘い。

夜も深まり、宴に集まった人々もすっかり城から引き上げる頃、アリシアは自室のベッドに腰掛けて溜息をついた。

五日もリチャードに会わずにいるうちに、アリシアはすっかり怖気づいてしまっていた。次にアリシアと会ったとき、リチャードがひどく事務的な対応をしてきたらと思うと憂鬱になる。

（そもそも私も、どんな顔をすればいいのだか……）

一応はこの国の皇女である。これまでは家来として接してきたが、今後もそのままでいいのか否か。呼び方も、王子、と呼んで差し障りないのだろうか。それとも。

「……リチャード様、か……？」

口に出して呟いて、違和感にアリシアが首を傾げたときだった。

「凄いな、どうして気づいたの？」

背後からリチャードの声がして、アリシアはベッドが軋むほど体を跳ね上がらせた。

ドアに背を向ける格好でベッドに腰掛けていたアリシアは、振り返った先にリチャードを見つけて目を丸くする。

「お……っ、王子！　どうやってここへ……！」

「忍んできた。だからあまり大きな声は出さないでくれ」

素早くベッドを回ったリチャードは、アリシアの隣に腰かけて唇の前に人差し指を立てる。

久しぶりに見るリチャードは相変わらず華やいだ美貌で、けれど表情には茶目っ気があり、口元に悪戯っぽい笑みを浮かべていた。

ぎくしゃくしているのはアリシアだけだ。どこから何を尋ねればいいのかわからず押し黙っていると、リチャードが急に感心したような声を上げた。

「これはまた、随分女の子らしい格好が板についてきたね」

言われてやっと自分がネグリジェ姿であることを思い出した。裾の長い白いドレスのようなそれは、V字に開いた胸元にレースがあしらわれている。

「こ、これは、私の趣味ではなく皇帝陛下が……！」

「照れなくてもいいじゃないか。よく似合ってるよ、凄く素敵だ。今日の宴にもどんなドレスで来てくれるか楽しみにしていたんだけど。……そういえば、体調が悪いんだって？　大丈夫かい？」

仮病で宴を欠席したことを思い出したアリシアは、多少不自然な咳をしてリチャードから視線を逸らす。リチャードが心底心配そうな眼差しを向けてくるので、後ろめたさでその顔を直視できなくなった。

「もう、すっかりよくなりましたので……。それより、こんな夜中にどんなご用で？」

「そうそう、国に戻る前にこれを返しておこうと思ったんだ」

リチャードが懐から何かを取り出す。部屋の隅に置かれたろうそくの光を柔らかく跳ね返したそれは、以前アリシアが貸したロザリオだ。

「皇帝陛下から君に返してもらってもよかったんだけど、できれば俺から直接返したかった。だから少し遅くなってしまった」

思わず両手を差し出したアリシアの掌に、リチャードはそっとロザリオを乗せた。

「君の大切なものを、一時でも手放してしまって申し訳なかった。国に帰る前に、改めて謝らせてもらいたかったんだ」

銀のロザリオにはリチャードの体温が移り、掌に乗せるとほのかに温かい。リチャードと肌を合わせたわけでもないのに、ドキリと心臓が跳ね上がった。

「……そんなことのために、わざわざ忍んできたのですか」

「大事なことだ。本当はもっと早く来たかったんだけど、朝も夜もなく会議続きでね。入れ代わり立ち代わり皇帝や側近が来て、この五日間会議室で仮眠を取る以外まともに寝てない。君にも会いに来られなくて、すっかり遅くなった。本当に申し訳ない」

深々と頭を下げられアリシアはギョッとする。やはり相手が王子で自分は平民という感覚が抜けず、うろたえてロザリオを握り締めた。

「無事戻ってきたのですから、もう、構いません。顔を上げてください」

「そんなに簡単に許せることじゃないだろう？」

「今回は、理由が理由でしたから。というか、最初から言っていただければ……」

アリシアが口の中で呟くと、ようやく顔を上げたリチャードが弱り顔で笑った。

「言えるわけないじゃないか。旅立ちの日、自分がどんな顔で俺を見てたか自覚はないのかい？　馬鹿王子死すべし、くらいの顔をしていた」

「そ、そこまでは……」

「あんな状況で『実は君は帝国のお姫様なんだよ！』なんて言っても、信じてもらえないどころか旅に同行してもらえなくなる危険すらあった」

リチャードの予想は、恐らく正しい。旅立ち当初、アリシアはリチャードを頭の軽い馬鹿王子としか見ていなかったのだから。

反論ができない。その沈黙が、リチャードの言葉を肯定してしまう。

苦いものでも口に含んだような顔で言葉を探すアリシアを、リチャードは楽しそうに眺めている。からかわれているのだと気づいて軽く睨むと、喉の奥で低く笑われた。

「本当に、もう怒ってない？」

「怒っていません。責めるつもりもありません」

「それじゃあもうひとつ。国に戻る前に確認しておきたいんだけど」

旅の最中と変わらないリチャードの態度に引きずられ、アリシアもいつものように「なんでしょう」と身構えず答える。

目の端で、リチャードが笑みを深くしたのがわかった。

「俺のお嫁さんになってくれる？」

不意打ちに、耳に髪をかけようとしていた手が不自然に止まった。

短い沈黙の後、アリシアは錆《さ》びたぜんまいを回すようにギリギリと首をねじってリチャードの方を向く。リチャードは、ゆったりと笑って答えを待っていた。

断られることなど欠片も予想していないようなその顔に、久方ぶりの腹立たしさを感じた。悔しいのは、リチャードの予想が間違っていないことだ。アリシアは歯ぎしりしたい気持ちで顔を前に戻す。

「……断れるわけがないでしょう」

「断れるよ。君はこの大国の姫君で、俺は弱小国家の王子でしかない。今からだっていくらでも断れるさ。決定権は君にある」

この野郎、と、姫らしからぬ言葉が胸に浮かんだ。いっそ断ってやろうかとすら思う。リチャードの言う通り決定権はアリシアにある。ここでアリシアがごねれば、アリシアを溺愛する皇帝はその場で意見を翻してリチャードとの結婚を白紙撤回するだろう。

だが、リチャードはわかっているのだ。アリシアがこの結婚を拒むわけがないことを。きっとアリシアが自分で自覚するより先に、この恋心に気づいていたのだろうから。

アリシアは眉間にざっくりと皺を刻んでリチャードに横目を向ける。

ゆったりと微笑むリチャードに対し、せめてアリシアが口にできたのは、大国の姫君にふさわしい傲岸不遜な言葉だけだった。

「……浮気をしたら国交断絶ですよ」

想定していない返答だったのかリチャードは軽く目を瞠り、それから小さく噴き出した。

「それは怖い。でも、浮気なんてしないよ」

「口ではなんとでも言えますから。今後の動向に目を光らせておきます」

「信用ないね。するわけがないのに」

どうだか、と横を向くと、ベッドに置いていた手にリチャードの手が重なった。

リチャードの指がするりとアリシアの指に絡んで、強く握り締められる。その程度の些細な接触で、息が止まりそうになった。

じり、とろうそくの芯が燃える音がする。静まり返った室内では互いの息遣いさえ大きく聞こえ、とんでもない勢いで速くなる心臓の音が外に漏れそうで不安になった。

頬にリチャードの視線を感じるが、赤くなる顔を見られたくなくてなかなか振り返れない。かたくなに俯くアリシアの横顔を飽きもせず眺めてから、リチャードは密やかに囁いた。

「……君がこの国の姫君でよかった」

戯れのようにアリシアの指先を親指で辿り、リチャードは穏やかな声で語る。

「国と半島のために……格好をつけずに言ってしまえば、俺自身の立場のためにも、どうしても帝国の姫と婚姻関係を結ぶ必要があったんだ。相手の顔も、名前すらわからない状況だったけれど、必死だった」

それはつまり、帝国皇女でさえあれば結婚相手はどんな女でもよかった、ということだろうか。

リチャードの立場を考えれば、それは当然の言葉だ。結婚は戦略だ。そんなことはわかっている。だがなぜ今そんなことを言うのだろう。

「……君のことは愛していないけれど、これからも協力してくれ。とでも、おっしゃるつもりですか」

一度唾《つば》を飲んでから口を開いたが、声は無様なくらいに掠れてしまった。

そんなアリシアの手を、リチャードは強く握り締める。

「違う。君でよかったと言ったはずだ」

リチャードの声に熱がこもり、アリシアは肩先を震わせる。アリシアの手を摑む指は痛いほど強く、アリシアはようやくリチャードに顔を向けた。

リチャードはアリシアの視線を捕まえると、その目を覗き込んで言った。

「俺は最初から、君がよかったんだ。だから本当にこの結末に感謝してる。俺の愛した人がこの国のお姫様で、本当によかった」

漆黒の瞳は揺るぎない。言葉とともに心臓を貫かれるようだ。息ができない。

アリシアはぐっと唇を嚙むと、無理やり怒ったような顔を作った。

「……相変わらず、口説き文句のレパートリーは尽きませんね」

「照れ隠しに怒ったような顔をするのも、相変わらずだね」

リチャードはフッと笑って、繫いでいない方の手を伸ばしてアリシアの頰を撫でた。

「この先の言葉にひとつも嘘は混ぜないから、少しだけ聞いてくれるかい」

「……耳を貸すのはやぶさかではありませんが、信じませんよ」

「君のそういう意地っ張りなところ、たまらなく好きだよ」

リチャードが目尻を下げる。愛しくて仕方がないとでも言いたげな顔だ。

気恥ずかしさに駆られて声を荒らげかけたら、唇に掠めるようなキスをされた。声を呑んだアリシアの目を至近距離から覗き込み、リチャードは囁く。

「その意志の強い目が好きだ。言動にいつも芯が通っているところも」

再び唇にキスをされ、アリシアは小さく喉を鳴らした。わずかに触れるだけなのに、唇の薄皮が痺れるようで言葉が出ない。

「養父の気持ちを汲んで、騎士団に入ってしまう優しいところも好きだよ。でも入団したからには本気で鍛えて、男も平気で打ち負かす腕っぷしの強いところも好きだ」

アリシアの頰を指先で辿り、リチャードは楽しそうに笑う。それから少し、声を潜めて囁いた。

「……そんなふうに強くなるまでに、きっとたくさん努力したんだろう。騎士団に女性が入るなんて前例がない。偏見もあったろうし、体力的にも最初は訓練についていくのさえ大変だったはずだ。どれだけ努力したんだろう。そう考えると、愛しさが増すんだ」

言葉の途中でまたキスをされる。今度は少しだけ長い。濡れた唇が絡まるようなキスに息が震えた。

リチャードの睦言はまだ続いている。間にキスを挟みながら、夜中しとしとと降り続く雨のように、長く、長く。

「宿屋で初めてキスをしたとき、少しだけ泣かれただろう？　あのとき初めて君の素顔を見た気がしたんだ。もっと全然隙がないと思っていたのに、あれは不意打ちだった。とんでもなく怖い隊長が急にただの女の子に見えて、力一杯抱きしめたくなった。舞踏会ではさんざんドレスを嫌がっていたくせに、髪に花を挿した途端パッと頬を赤くしたところが可愛かったな。次の日、照れてなかなかこちらを向いてくれなかったときは、無理にでも振り返らせてもう一度キスしたくなった」

旅の軌跡を辿るように、リチャードは順を追ってその時々の心境を語る。途中で甘いキスが落ち、アリシアはくすぐったいような気恥ずかしいような、でももう少しこの時間が続いて欲しいような、自分でも上手く整理のつかない感情にとらわれ何も言えない。

ウルカウニで男装をしてリチャードの後をついていったところまでは笑い交じりに語られていたが、ふいにリチャードの声が低くなった。

「……賊に襲われて震えている君を見たときは、本当に我を失った」

アリシアの頬を包んでいた手が首筋に落ちて、ピクリと背筋が震えた。胸の底から、じわりとあのときの恐怖心が蘇る。それを振り払いたくて、無意識にリチャードの指に絡ませた指先に力を込めていた。

「あんなに震えていたのに、宿に戻るなり隊長として気丈に振る舞う君を見たら、何もかも奪ってしまいたくなった。隊長なんて立場を忘れさせたい、不安も混乱も全部君の中から蹴り出して、俺で一杯にしてしまいたい。俺のことしか考えられなくしたい。優しくしたいのに滅茶苦茶にしたいなんて、あんなふうに思ったのは初めてだ……」

リチャードの声に熱がこもり、アリシアは睫の先を震わせる。あの夜も、この熱がアリシアの体に貼りつく恐怖の氷を溶かしたのだ。

唇が近づいて、アリシアは目を閉じる。リチャードの舌が唇の隙間を辿り、アリシアはもう無理に自分を抑えることなく、素直にそこを開いた。

とろりと舌が絡まって、前より強くリチャードの手を握り締めた。首筋を漂っていたリチャードの手がアリシアの顎を摑み、上向かされて奥まで舌が侵入してくる。

「ん……」

体の芯に熱が灯り、アリシアは触れ合う唇の狭間《はざま》から吐息を漏らした。

目の前にいるのは、近い将来夫となる男だ。

もう何も憚《はばか》る必要はないのだと思ったら、ごく自然に舌が動いてリチャードのそれに絡みつく。それに応えてリチャードがアリシアの舌を吸い上げ、アリシアの体にさざ波のような震えが走った。

唇を離すと、リチャードは濡れた口元もそのままに艶めいた笑みをこぼした。

「そうやって急に積極的になるところも、すごく好きだよ」

アリシアの頬がじわりと赤くなる。

繰り返し好きだと告げられ気恥ずかしい。けれど嬉しい。自分も何か言い返さなければと思うものの、積極的に好意を示すことにはまだ慣れない。

アリシアは顔を俯き気味にして、無言でリチャードの胸に片手を押しつけた。その手の中には、リチャードから返されたばかりのロザリオが握られている。

「これを、持っていってください」

「……でも、これは君の大切なものだろう？」

思わずといったふうにロザリオを受け取ったリチャードが、驚いた様子でアリシアの顔を覗き込む。アリシアは一層リチャードから顔を背け、とうとう体ごと横を向いてリチャードに背を向けた。

「……誰からも銀製品を借りずに帰路につくつもりですか」

「だからってこのロザリオ以外にも、城の中には銀製品がいくらでも……」

「城にあるものは、まだ自分のものと思えません。そんなものを貸しても意味がないでしょう」

皇帝から与えられたこの私室はもちろん、部屋に置かれた銀の燭台《しょくだい》も鏡もすべてアリシアのものではあるが、借りもののようでまったく身になじまない。城の中にある銀製品をリチャードに渡しても、他人のものを又貸ししたようで、上辺だけの行為になってしまいそうだ。

アリシアは肩越しにリチャードを振り返ると、ぽつりと言った。

「……必ず返してください。貴方の手で」

言外に、無事に国へ戻り、自分を待っていて欲しいと告げる。

花嫁として貴方に会いに行く、と言えるほどのロマンスをアリシアは持ち合わせていない。気恥ずかしさが先に立ち、言葉はどうしても簡略化されがちだ。

だがリチャードは、短い言葉の中からアリシアの想いを正確に汲み取ったらしい。微かに鎖が触れ合う音がしたと思ったら、背後から力一杯抱きしめられた。

体重をかけられ、アリシアの上半身が傾く。なんとかベッドに手をついたものの、後ろからリチャードが腰を抱いてきて身動きが取れない。

「お、王子……！　何を……」

「待ってるよ、アリシア。君が俺のもとに嫁いできてくれるのを、指折り数えて待っているから早くおいで」

首筋で囁かれ、アリシアは肩を竦める。リチャードの吐息がかかった場所が熱い。アリシアの意識がそちらに逸れた隙に、腰を抱いていたリチャードの手が上へ伸びる。

アリシアの腹から脇腹を辿った掌が、寝巻の上からやんわりと乳房を包んできて、アリシアは背筋をよじらせた。

「あ……っ、ま、また、そういうことを……っ」

薄い布地越しにリチャードの体温が伝わってくる。柔らかく揉みしだかれ、アリシアは唇を噛んだ。制止の言葉を押しのけて、甘やかな声が漏れてしまう。

リチャードはアリシアの乳房をまさぐりながら、その首筋に唇を押し当てて囁く。

「ごめん、話をしたら戻るつもりだったんだけど……君の顔を見たら我慢できなくなった」

囁く言葉に熱い吐息が混じっている。余裕のないその声に、アリシアの背筋にぞくぞくと震えが走った。

恋い慕う男に求められることは、なんと心乱されることだろう。止めることなどできるはずもなく、アリシアは力なく首を前に倒す。長い髪がさらさらと胸に落ち、露わになった首筋にリチャードがきついキスをした。

「あ……っ……」

強く吸い上げられ、微かな痛みを感じたはずなのにむしろ興奮をかき立てられた。

アリシアの首筋に唇を這わせながら、リチャードが掌全体で乳房を捏ね回してくる。時々首筋を甘く噛まれ、体の芯に甘美な震えが走った。

薄い寝巻の下で、全身が火照り始める。疼き出した胸の先を指先で摘まれると、体の芯を溶かすような熱いものが下肢まで広がった。

「や、あ……んっ」

リチャードはアリシアの首筋を唇で辿りながら、柔らかな胸のふくらみに掌を沿わせてやわやわと揉んでくる。ときどき指先が敏感な切っ先に触れ、そのたびにアリシアは短い声を漏らした。

「アリシア、離したくない。許されるなら、君をこのまま国へ連れ帰りたいくらいだ」

アリシアの耳朶を口に含んで、リチャードが苦しげな声で呟く。最早疑う必要のなくなった言葉はただただ甘く、アリシアはとろりと目を閉じて全身でリチャードに凭れかかった。後ろから抱きしめられたまま、ベッドの上に引き上げられる。

息をつく間もなく、V字に開いた寝巻の胸元からリチャードの手が忍び込んだ。素肌に直接熱い掌が触れ、アリシアの背中が反り返る。

「あ、ん、や……っ」

「直接触られた方が気持ちいい……？　ここが前より硬くなった」

指先で尖りを帯びた先端を弄られ、アリシアは身をよじった。

爪先から、ねっとりとした熱が這い上がってくる。ふくらはぎをくすぐったそれは膝の裏を撫で、柔らかな内腿に忍び寄る。脚のつけ根の奥が疼いて、熱くなった。

自覚もなく腿をすり寄せると、目ざとくそれを見つけたリチャードが寝巻の下から内腿に手を這わせてきた。

「あっ……」

アリシアの息が期待で震える。体の奥深い場所で感じる快感はまだ記憶に新しい。思い出しただけで肌がざわめいた。

リチャードは足のつけ根に指を這わせると、ぴたりとその動きを止めた。

「……下は何も着ていないんだね」

「こ、この国では……眠るときはそういうしきたりだと……」

「そうか……最初から、随分危うい格好だったんだ」

後ろから抱きしめられているので顔が見えない分、リチャードの声に欲がにじむのがわかった。熱い吐息が耳朶を掠め、指先が淡い草むらをかき分けその奥に触れる。

「ひぁ……っ、あん……っ」

優しく花芯を撫でられ、腰が震えた。ひたひたと潤う蜜壺から熱い蜜が溢れてくる。

リチャードはそれを指に絡ませ、とろりと濡れた指で陰核を撫でてくる。神経がむき出しになったような場所を濡れた指で優しく刺激されると溶けてしまうほど気持ちがよく、アリシアは全身を戦慄かせた。

「いつからこんなふうになってたの、アリシア？」

うっすらと笑いを含ませた声で囁いたリチャードが、蜜を纏わせた指で秘所を探る。ひくつく入り口を行き来する指の感触に、アリシアは必死で声を殺した。

狭い場所を熱い屹立で貫かれる衝撃を思い出すと、胸が締めつけられるようで息が上がった。押し開かれる痛みもあったが、体の内側を満たされる充足感と陶酔感はそれを上回った。待ちわびて震える隘路に、リチャードの指が潜《もぐ》り込む。

「あ……、あぁ……っ」

「痛い……？　という感じでもないね……」

耳元でリチャードがくすりと笑う。羞恥で思考回路が焼き切れそうだったが、今更言葉で反論するのも虚《むな》しい。たっぷりと濡れた入り口は素直にリチャードの指を呑み込んで、内側が艶めかしく蠢く。

まだ経験の浅いアリシアの体を気遣うように浅い抜き差しを繰り返し、リチャードはゆったりとした動きで中をかき回した。

「あ……ん、や……ぁっ……」

「ゆっくり、しよう。夜が明けるまでにはまだ時間があるから」

秘所に指を埋めたまま、リチャードがアリシアの乳房を掴んで円を描くように捏ねる。性感帯を二ヶ所同時に刺激され、アリシアは長く糸を引くような嬌声《きょうせい》を上げた。

「あ、や、あぁ……あぁあ……っ」

「気持ちいいんだね。ほら、こんなに締めつけてる」

下腹部に力が入ると、肉襞をかき分けるリチャードの指の感触が鮮明になった。指の腹で蕩けた肉をじっくりと押し上げられ、アリシアの腰が跳ねる。

　リチャードはアリシアの胸の先端を指の腹で転がしながら、蜜を溢れさせる秘所にもう一本指を添えた。柔らかくほぐれたそこは、ずぶずぶと二本の指を呑み込んでいく。

「ん……んん……っ、ぁ……っ」

　熱く潤んだ肉襞をかき分けられる感触にアリシアは仰け反る。その間もリチャードはアリシアの乳房を撫で回したり、少し強めに捏ねてみたりして、次々と襲いくる快楽にアリシアは声も殺せない。

「それから、こうされるのも好きだろう？」

　二本の指を深々と秘所に埋めたまま、リチャードは親指の腹でそろりとアリシアの花芯を撫でる。突き抜けるような快感が走り、アリシアは背中を弓形にした。

「あっ、や、それは……ぁっ、や、あぁ……っ！」

「すごい、中がびくびくしてる。そんなに気持ちがいいんだ……？」

　いっそ優しいくらいの声音で囁き、リチャードがアリシアの髪に口づける。

　アリシアは下肢を貫く快感をなんとかやり過ごそうと唇を噛み締めるが、リチャードの指が動くたび鮮烈な快感に襲われ上手くいかない。内側を擦られながら鋭敏な陰核を刺激されると、快感は何倍にもふくれ上がる。

　その上、リチャードの屹立に貫かれる快感を体はもう知っているのだ。

狭い肉筒を硬い切っ先で押し広げられ、蕩けた肉を突き上げられる感触を思い出せば、その奥にある子宮が熱く疼いた。

「お……王子、もう……っ」

「まだ王子って呼ぶのかい？　さっきみたいに名前で呼んでよ」

首をねじってアリシアが荒い息の下から訴えると、後ろから顔を覗き込んできたリチャードに唇を舐められた。追いかけてみても、重なるだけのキスをしてすぐに頬へと逸らされる。わざと深いキスをくれないリチャードに焦れ、アリシアは喉を鳴らした。

「さっきの、あれは……っ、あ、ちが……っ」

「随分可愛い独り言だった。まさか離れている間も俺の名前を呼んでくれていたなんてね」

「い、一度だけです……っ！」

深々と埋められた指をぐるりと回され肌が粟立つ。全身を、細かな気泡がすり抜けていくようだ。

リチャードの指を呑み込まされた場所が熱い。下半身が溶けてしまいそうだ。もっと奥まで、と誘うように内側が蠢く。

「これから夫婦になるんだ。やっぱり、王子じゃおかしいよ」

入り口にもう一本指が添えられ、アリシアは喘ぐように喉を仰け反らせる。ゆっくりと入り口が広げられ、奥からさらに蜜が溢れてくるのがわかった。

「リ……リチャード、様……」

「様もいらないんじゃないかな？」

「あ……っ、んん……っ」

三本の指が緩慢に出し入れされ、アリシアは奥歯を噛み締めた。

汗ばんだ体が震えていた。体の奥で渦巻くものを自分ではもう制御しきれない。内側にこもる熱を解放して欲しくて、アリシアはリチャードの胸に後ろ頭を押しつけ、切れ切れに呟いた。

「リ……リチャード……お願い、ですから……っ……」

「うん、どうして欲しい？」

わかっているくせに、アリシアの胸を撫で回しながらそんなことを尋ねてくる。アリシアは痺れを切らし、吐き出すように叫んだ。

「知りません！　どうにかしてください！」

言葉で誘えるほどの手管などあるはずもなく、アリシアは間近に迫ったリチャードの首を引き寄せて噛みつくようなキスをする。自ら舌を伸ばしてリチャードの舌に絡めると、すぐに強く吸い上げられた。胸をまさぐっていた手がきつくアリシアを抱き寄せて、熱い舌が一層深く絡まり合う。

呼吸もままならないくらいの激しいキスに溺れかけて唇を離すと、リチャードがちろりと自身の唇の端を舐めた。

「わかった。任せて」

獲物に狙いを定めた獣のように目を細めたリチャードは、アリシアをベッドに横たえると手早く衣服を脱ぎ、アリシアの寝巻もあっという間に脱がしてベッドの下に落としてしまう。

真正面から裸のリチャードを見上げるのも気恥ずかしく、アリシアはベッドの上で横向きになる。その背後に回ったリチャードに後ろから腰を摑まれ、とっさに大きく身をよじった。

「どうしたの。後ろからは怖い？」

「こ……っ、怖くなどありません！　見くびらないでいただきたい！」

長年の癖でつい騎士の顔を覗かせたアリシアだったが、すぐに恥じらいを含んだ表情に戻って、うつ伏せの体勢で背中に腕を回した。

「その……この体勢では、背中の痣が……」

「ああ、そうか……自分では見たことがないんだっけ？」

ベッドに蹲るアリシアに近づき、リチャードはその背に指を滑らせた。

「この辺りだよ。姿見を使えば見えるんじゃないかな」

「わ……わざわざ、見るようなものでは……」

肩胛骨の下を指で辿られ、くすぐったいような、そわそわするような感触にアリシアの声は途切れがちになる。リチャードに痣を見られているのも落ち着かずシーツに顔を埋めると、背後でリチャードが思いがけないことを言った。

「隠さなくてもいいと思うけど。綺麗だよ?」

「……綺麗?」

眉を顰めて振り返ろうとしたら、背中に柔らかいものが押し当てられた。リチャードの唇だ。

「遠くから見ると、丸に近いかな。中心の色が濃くて、外側に行くほど薄くなる」

「そ、そこで喋らないでください……っ」

背中にリチャードの息がかかってくすぐったい。身をよじろうとすると腰を掴まれ、痣があるだろう部分に舌を這わされた。

「あっ……な、何を……っ」

「遠くから見ると、柔らかい花びらを重ねたバラみたいに見える」

「そんな、美しいものでは……っ、父だって、目を逸らしたくらいです……」

「女の子の体に痣があるのは、親としては忍びないだろうからね。でも本当に綺麗だ。それに帝国の人たちはみんな知ってる。皇帝一族の背中には、代々バラの花が咲くんだってね」

腰の曲線をリチャードが撫でてきて、アリシアは息を引き攣らせる。その手はゆっくりと前に伸び、アリシアの豊かな胸を優しく包み込んだ。

「君の体はどこもかしこも綺麗だ。痣くらいじゃその美しさは損なわれないよ」

「ん……、あ、貴方だけです、そんな……頭のネジが飛んだようなことを言うのは……っ」

閨《ねや》にもかかわらず可愛げのないことを言ってしまい、くそ、とアリシアは口の中で悪態をつく。

他人からの賛辞に慣れていないアリシアは、なかなか素直にリチャードの言葉を受け止められない。つい憎まれ口を叩いてしまう。

だがリチャードはむしろ楽しそうに笑って気にしたふうもない。

そのことに人知れずアリシアがホッとしていることも知らず、リチャードはもう一方の手を前から下肢に伸ばし、熟れた肉襞に指を滑らせる。

「だとしたら、ネジを飛ばしたのは君だ」

「あっ……、わ、私が、いっ……」

「君がお姫様でなかったら、俺は国を捨てるつもりだった。君だけ連れて、遠くに逃げてもいいんじゃないかと思ってたんだ」

王子が国を捨てる。

それは衝撃的な内容だったが、衝撃的すぎるがゆえに上手く頭に入ってこない。そうでなくても物欲しく疼く入り口をなぞる指先に意識を持っていかれ、リチャードの声は飛び飛びにしか耳に入ってこないというのに。

「子供の頃から必死で国と父にしがみついてきたのに、それより大切なものを見つけてしまって恐ろしくなったくらいだ」

「な……何、を……、あ……っ」

入り口を素通りした指が陰核をとろとろと刺激して、アリシアはシーツにすがりつく。背中にのしかかってくるリチャードの体が熱くて、思考力さえ溶けていきそうだ。

「君がロザリオを貸してくれて、家族にそうするように旅の無事を祈ってくれたとき、思ったんだ。もしもこの娘が帝国の姫でなかったとしても、どうしても俺のものにしたいって。俺を王子として特別扱いしない君が、あのときから欲しくて欲しくて仕方なかった」

言葉のひとつひとつは理解できなくとも、リチャードの切実な声音はアリシアの胸を揺さぶる。もっとゆっくり話がしたいと思うのに、指先がぬぷりと肉襞の中に沈み込んで、唇に乗りかけた言葉が瓦解《がかい》した。

「あ……あぁ……っ、あ……んっ」

長い指が深く押し込まれ、ゆっくりと引き抜かれる。その動きに合わせて内側がざわめき、リチャードの指に絡みつく。再び根元まで埋め込まれ、中で小刻みに動かされると腰が砕けてしまいそうになった。

「待ちきれないんだね、中がひくひくしてる」

「だ、誰が……っ、そんな……っ、あっ」

「ほら、引き抜くと名残惜しそうに吸いついてくるじゃないか」

リチャードの指が抜かれると、体の奥にいかんともしがたい喪失感が生じてアリシアは身悶える。息を殺してシーツを握り締めていると、後ろからリチャードに腰を掴まれ引き上げられた。

「……いいかい？　アリシア」

リチャードがアリシアの耳元で囁く。

内腿を火傷するほど熱いものが掠め、花芯に切っ先が押しつけられた。先端で割れ目を擦られ、ぞくぞくと背中が震える。

焦らすように何度も先端を擦りつけられ、内腿に緊張が走った。今か今かと待ちわびる体が震えている。息が苦しい。

入り口に、ゆっくりと切っ先が潜り込む。

「あ、あぁ……あ……っ」

充血した受け口が押し開かれ、それだけで腰が落ちてしまいそうになった。

狭い隘路を押し進んでいく屹立は熱く、その熱で内側から下半身が溶かされそうだ。痛みも息苦しさも、すべてその熱に呑み込まれる。

「あ、んん、やぁ……っ」

「もう少しだ……ほら、全部入るよ」

息を詰め、リチャードが腰を突き入れる。熱い楔で深々と穿《うが》たれ、アリシアの全身を喜悦の震えが包んだ。

首の後ろでリチャードが深い溜息をつく。充足感に満ちたそれに項をくすぐられ、アリシアは小さく背中を震わせた。肌を吐息で撫でられただけで、唇から甘い声が滴り落ちる。

「アリシア……君の中、凄く、きつくていい」

根元まで押し込んだ状態で、リチャードはアリシアの肌に手を這わせる。

うっすらと汗ばんだ内腿を撫で上げられ、リチャードを受け入れた部分を指で辿られて、アリシアはリチャードの下で艶めいた声を上げた。

「あっ、さ……触らないで、くださ……ぁっ」

「腰が揺れてるよ、動いて欲しいの？」

アリシアの乳房をまさぐりながらリチャードが囁く。深く貫かれたまま敏感な部分を撫で回され、アリシアは自分でもどうしようもないほどに乱れた。

リチャードを受け入れた部分がねだるようにひくつく。内側を擦られる快感を思い出して腰が揺れた。はしたない自分の仕草を自覚しながらも、止めることができない。

「お、王子……っ、あ、もう……早く……っ」

「王子じゃなくて、名前で」

いたずらにアリシアの内腿を撫でていたリチャードの手が、前触れもなく充血した陰核に触れた。指の腹で捏ねるようにそこを刺激され、アリシアは喉を仰け反らせる。

「あっ……！　あぁ、んっ、んんっ！」

アリシアの背が反り返る。全身を貫いた快感に震え上がり、内側がきつくリチャードを締めつけた。中で感じる硬さにまた新しい快感が生まれ、ベッドについた膝がガクガクと震える。

背後でリチャードが息を呑む。わずかにその声が上擦った。

「すごいな、締めつけが……。ここを弄られるの、好き？」

「や、あっ……だ、だめです……だめ……っ、あぁっ！」

アリシアの制止を聞き流し、リチャードは充血して硬くなった花芯を指先で弄ぶ。軽く撫でているだけだろうに、前後に指が動くたび全身に電気が走るような鋭い快感が走った。腕で体を支えきれなくなり前のめりにベッドに倒れ込むと、埋め込まれた屹立の角度が変わり、襲いくる新たな快感に目も開けていられなくなる。

陰核に触れた指を小刻みに動かされ、アリシアは全身を痙攣させた。爪先まで丸まって、頭の中が真っ白になる。

「あ、あぁ……っ、あ……っ！」

一瞬だが世界の音が遠ざかり、眩しい光を直視してしまったときのように、何も見えなくなった。

しばらくして、どくどくと全身を巡る血流の音とともにゆっくり周囲の音が戻ってくる。

シーツに横顔を押しつけて荒い呼吸を繰り返していると、頬に貼りつく髪をリチャードにそっとかき上げられた。

「……いった？」

上体を倒し、アリシアの肩に口づけながらリチャードが尋ねてくる。だが、アリシアは何も答えることができない。事実であればなおさらだ。

「ねえ、アリシア？」

まだ肩で息をするアリシアを、リチャードが優しく揺すり上げる。

リチャードの言う通り達したばかりのアリシアは、気恥ずかしさを紛らわせるための悪態をつく余力もなく、弱々しい嬌声を上げた。

「あ……あ、あん……っ」

「こんなにとろとろなのに、締めつけてくる……もっと奥がいい？」

「ひ、あぁ……っ！」

最奥を突き上げられ、アリシアはシーツをかきむしった。達したばかりだというのに、快楽は次々体の底から湧いてきてアリシアを休ませてくれない。すぐに次の快感の波に捕まって、虜《とりこ》になる。

蕩けた肉がリチャードを包み込む。内側に埋め込まれたものが熱量を増し、突き上げる腰の動きも段々と速くなる。

奥を突かれると、腹の底から震えるほどに感じた。腰を回すようにして蜜壺をかき混ぜられるのもたまらなくいい。

「あ……あぁ……ぁっ……」

突き上げられるたびに快感は増し、体の関節がほどけていく。自分と世界を隔てる体の輪郭が溶け、下肢から突き上げる快感に支配される。

リチャードは自身を包み込む柔襞の感触を存分に味わうように腰を回し、アリシアの耳元で囁いた。

「アリシアは深い方が気持ちよさそうだね……？」

「……っ、ちが……っ」

「そうかな……だって、ほら」

リチャードに奥深くを穿たれ、アリシアは艶めいた嬌声を上げる。たっぷりと愉悦の混じったその声に反応したのか、リチャードの剛直が硬さを増した。

口では否定してみても、ぐずぐずに溶けた肉襞は貪婪にリチャードに絡みつき、奥へ奥へと誘い込む。リチャードが腰を引くと嫌がってすがりつき、突き入れると歓喜に震え上がった。

リチャードはいったん屹立を抜くと、すでにまともに立ち上がることもできないアリシアを仰向《あおむ》けにしてその脚を抱え上げた。

「あ……あぁ……っ……」

正面から体を割り開かれ、これまでとは角度も深さも違うそれにアリシアは背中を弓形にする。はぁはぁと忙しない呼吸を繰り返す胸が上下して、そこにリチャードが顔を寄せてきた。

「こんなに蕩けきった君の顔が見られるとは思ってなかった」

声に笑いを含ませているものの、リチャードも息が荒い。熱い息が胸のふくらみを撫で、硬く尖った先端を舐められる。

「あ、んっ……！　や、もう……」

「こうするとまた締めつけてきて、すごくいいね」

胸の先でリチャードが笑って、濡れた尖りに息がかかる。それだけでも腰の奥が切なく震えるのに、先端を口に含まれ、舌先で舐め回された。

「あっ、あ……っ、やぁ……っ」

アリシアの腰を抱え直し、ゆるゆると突き上げながらリチャードは乳首を吸い、尖らせた舌で円を描くようにして乳輪を舐めてくる。

過ぎる快感に息すら止まりそうで、アリシアの目元に涙がにじんだ。溺れそうで怖い。アリシアは、ふらふらと宙に向かって手を伸ばす。

「……どうしたの？」

アリシアの動きに気づいたのか、リチャードが顔を上げる。そしてすがるものを求めるように手を伸ばすアリシアを見ると、その手を摑んで自身の背に回させた。

「こうして俺にしがみついているといい」

優しく囁いて、リチャードが深く体を前に倒す。肉筒に埋め込まれたものの角度が変わって、アリシアは喉を震わせた。言われるままにリチャードの背中を抱き寄せると、互いの胸がぴたりと重なる。

「あ……」

リチャードの体の重みを全身で感じて、アリシアの心臓がきゅうっと収縮した。

目の前にリチャードの肩が迫る。薄く汗のにじんだそれは筋肉で盛り上がり、逞しい。少しだけためらってから、アリシアはおずおずとそこに頬をすり寄せた。

珍しく甘えるような仕草を見せたアリシアに、リチャードも優しいキスで応える。

頬から耳元へ滑り落ちるリチャードの唇を感じながら、アリシアはとろりと目を細める。

リチャードの広い背中を抱いていると、胸の底からふつふつと名前のつけられない感情が湧き上がってきた。

嬉しい、というだけでは足りない。切ない、というのとも違う。胸の表面を掠める類のものではなく、もっと奥底からこんこんと湧いてくる、この気持ちは一体なんだろう。

（——……愛おしい）

唐突に頭の中に降って湧いた言葉にアリシアは目を瞬かせ、それからフッと体の力を抜いた。口にしようとすればどうしたって照れてしまうが、どうやらこれが一番、しっくりくる。

アリシアは指先でリチャードの背中を辿り、黒髪に指を絡ませる。そろりと後ろ頭を撫でると、リチャードが笑いながら顔を起こした。

「何？　ごほうび？」

「……なんのです」

喘《あえ》ぎすぎて掠れた声でアリシアが答えると、リチャードは蕩けるような顔で笑う。

「だって君が優しいのなんて珍しいじゃないか」

「失礼な……」

「根が優しいのは知ってるけど、優しく振る舞うのは苦手だろう？」

「……元から優しくないだけかもしれませんよ」

潜めた声で囁き合う間も、アリシアの内壁はリチャードにひたひたと絡みつく。熱い溜息を押し殺して喋るアリシアを見下ろし、リチャードは目を細めた。

「優しいよ。誰からも旅の無事を祈ってもらえなかった俺のために、何より大事なロザリオを貸してくれた」

ゆるゆるとアリシアを揺すり上げるリチャードの胸元では、アリシアのロザリオが揺れている。

「君のおかげで、旅も無事終わりそうだ」

アリシアはリチャードの背にしがみついて、乱れる息を無理やり整えた。

「ここはまだ……旅の途中です。フィレーニに戻るまでは、まだ……っ」

ぐんと奥を突かれてアリシアの声が途切れる。平静を装ってみても、突き上げられるたびに声の端々が甘く溶けるのは隠せない。

もういっそ会話など打ち切って快楽の渦に飛び込んでしまいたかったが、アリシアは最後の理性をかき集めてリチャードの目を覗き込んだ。

「あ……っ、貴方の旅路が……――光溢れるものでありますように」

旅の初め、リチャードにロザリオを貸したときと同じ言葉を口にした。

リチャードはアリシアの瞳を見詰め返し、何か眩しいものでも見たように目を眇める。

「……君さえ側にいてくれれば、俺の前途は常に光が射《さ》してるよ」

真剣な声で呟いたと思ったら、硬く反り返った屹立が一際深くアリシアを貫いた。

「あ……っ！」

「最初から、君は俺の女神だった」

旅の途中でも同じことを言われた、と思ったが、最早言葉にはならなかった。

一度は下らないと切って捨てた言葉に、今は胸を震わせている。どうしてあのとき想像できただろう。こんなふうに、自分がリチャードの虜になってしまうなどと。

アリシアはリチャードの背をかき抱いて、激しい突き上げに身をくねらせた。

「あっ、や、あぁ……っ」

柔肉が蠢いてリチャードに絡みつく。抑えが利かなくなったようにリチャードが硬い切っ先で内側を突き上げ、深く穿って、アリシアは体を戦慄かせた。

「あっ、あぁっ、んんっ……！」

リチャードを咥《くわ》え込む肉襞が蠕動《ぜんどう》し、熱く滾《たぎ》ったものを締めつける。

律動が激しさを増した。体がシーツの上を滑るほどだ。リチャードがアリシアの腰を掴んで強く引き寄せる。結合がより深まって、アリシアはリチャードの背に爪を立てた。

アリシアの内側を余すところなく味わうかのように間断なく腰を打ちつけ、リチャードが繰り返しアリシアの名を呼ぶ。

愛の言葉でもなんでもない、耳慣れた自分の名前も、リチャードの声で囁かれると息が詰まるほど胸を揺さぶられた。

下肢を貫く絶頂感と相まって、アリシアは本当に呼吸を忘れる。熱くうねる内壁が、一際強くリチャードを締め上げた。

「……っ」

リチャードが低く呻いた。震える粘膜に、熱い飛沫《しぶき》が叩きつけられる。

「あ……は……っ……」

喉を逸らしてアリシアは必死で空気を取り込む。全身が水を吸ったようにぐったりと重い。上から覆いかぶさってくるリチャードの体も重みを増して、耳元で荒い息遣いが聞こえた。どちらのものともつかない忙しない呼吸の音に耳を傾け、アリシアはゆるりと目を閉じる。息はすっかり上がっているが、温かな雨に打たれているような心地よさがあった。雨はアリシアの全身を濡らし、ゆっくりと肌に染み込んでいく。

アリシアは重たい瞼を無理やり開け、わずかに首を傾けリチャードの耳元に唇を寄せた。掠れた声で、小さく名前を呼んでみる。

愛の言葉はまだ囁けない。ただ想いだけ込めてその名を呼ぶと、一瞬だけリチャードの息が止まり、それから痛いくらい強く抱きしめられた。

伝わったろうか、と思いながら、アリシアは静かに目を閉じる。

愛おしい、という言葉が雨粒のように降り注ぎ、それはリチャードの体温と溶け合って、アリシアはひたひたと身の内に満ちる幸福感を味わいながら意識を手放したのだった。

翌日、リチャードと小隊の一行はフィレーニへ帰国するためラクシュマナフを発《た》った。

出発直前、アリシアは隊員たちに旅を途中で離脱することを詫び、残りの道中はくれぐれもよろしくと頭を下げた。

鎧を脱ぎ、豪華絢爛なドレスに身を包んだアリシアに頭を下げられた隊員たちは大いにうろたえていたようだが、再び顔を上げたアリシアの表情がかつての隊長と変わらないとみるや、普段通りの引き締まった顔で残りの警護を引き受けた。

別れ際、リチャードは心底離れ難そうにアリシアの手を握り、「待っているからね」と熱を込めた声で囁いた。

思わずその手を握り返そうとしたアリシアだったが、直後「帰ってきたら三日三晩は離さないから、覚悟しておいてくれ」とつけ足され、慌ててその手を振り払う。前夜の情事を思い出してうろたえるアリシアをリチャードは楽しげに見詰め、最後は笑顔でアリシアに別れのキスをした。

結局アリシアは、いつものように仏頂面でリチャードの好きにさせるしかない。最後まで翻弄されっぱなしだったな、と思いつつ「どうぞご無事で」と短く告げれば、リチャードは満面の笑みでアリシアの頬を撫でた。

「無事に戻るよ。何しろ君は、俺の幸運の女神だ」

そう言って、自身の胸元を押さえて馬車に乗り込んだ。恐らく服の下にアリシアが預けたロザリオを下げていたのだろう。

城門を出ても、リチャードは馬車の窓を開け、ぎりぎりまでアリシアに手を振っていた。護衛の隊員たちに窓を閉めるよう泣きつかれてもなお手を振り続けたリチャードの話は皇帝の耳にまで届いたらしく、「フィレーニの王子はそなたに心底べた惚《ぼ》れのようだな」と呆れ顔で言われてしまったくらいだ。

リチャードが帰国してから、このどたばたとした別れ際を思い出すたびにアリシアは苦笑してしまう。恋人同士が離れ離れになるのだから、もっとしんみりするものだと思ったら。

それとも、あれはリチャードなりの気遣いだったのだろうか。湿っぽい別れ方をして、慣れない国でアリシアがふさぎ込んでしまわぬよう、敢えて普段通りに接してきたのかもしれない。

旅の始まりから振り返ってみれば、リチャードならその程度のことは見越して行動していそうな気もした。

何にせよ、数日後無事リチャードたちがフィレーニに到着したと連絡を受けたときは心底ほっとしたものだ。

それから一ヶ月の間に、フィレーニの国は大きく様変わりをした。

一番の大きな変化は、ラクシュマナフから帰国するなりリチャードが王位を継承したことだ。ラクシュマナフ皇帝が娘との婚姻を認めるに際し、リチャードが王位を継承していることを条件として提示してきたためだ。

帰国早々王位を継ぐと宣言したリチャードに、王の周囲に群がっていた臣下たちは当初難色を示した。だが、リチャードがラクシュマナフの姫君と婚約したと知るや、彼らはあっさり王を放り出した。

大国と手を結べばフィレーニは今以上に潤う。その上で王に群がり甘い汁を吸うのもよしと判断したらしい。これまでのリチャードの振る舞いを見ていた者たちはすっかりリチャードを侮り、前王と同じく傀儡にする気でいたのだろう。

こうしてリチャードは、王の崩御を待つことなく玉座についた。

玉座を追われた王は、リチャードの計らいでひっそりと養生に入ることになった。私欲に目が眩んだ臣下たちにまた利用されぬよう、城の一室で手厚く医者にかかり、少しずつだがアルコールを絶つ生活が始まっている。

かつて王を酒浸りにした臣下たちは上手くリチャードに取り入った気でいるようだが、のどかな笑顔の裏でリチャードの粛清はゆっくりと始まっている。

アリシアが予想した通り大きな改新などなかったが、ひとり、またひとりと前王にたかっていた者は消え、リチャードが王位を継承して一ヶ月も経つ頃には、玉座の周囲に立つ顔ぶれはほとんど一新されていた。

そんな話を、アリシアはフィレーニに向かう馬車の中でマリオから聞かされた。

最初、アリシアはラクシュマナフの兵に警護されてフィレーニへ向かうことになっていた。だが直前になって、突然フィレーニの騎士団がやってきたのだ。

その先頭には、騎士団長であるマリオもいた。

どうやらリチャードが、護衛に養父であるマリオをつけられないか皇帝に伺いを立てていたらしい。

皇帝もアリシアの育ての親と一度話がしたかったらしく快諾してくれたそうだが、事前にそれを知らされていなかったアリシアは心底驚かされることになった。

だが、嫁ぐ前にマリオに最後の挨拶ができたのはありがたい。育ての親に何ひとつ相談することなく嫁入りするのは忍びなく思っていただけに、この取り計らいは素直に嬉しかった。

「しかし新王の手並みは凄まじいな。あの若さであの辣腕《らつわん》、と隣国のセルヴィでも噂になっているほどだ。女好きのボンクラとはやしていた者たちも軒並み口を噤んだよ。……おっと、姫様の婚約者に向かって、これはとんだ口の利き方を」

「やめてください、お父様。私だってボンクラだと思っていたのだから構いません」

「なんとまぁ、新妻がひどい言い草だ。本人の前では口が裂けてもそんなことを言うんじゃないぞ」

「それはすでに手遅れというものでしょう」

馬車の横に馬をつけたマリオが豪快に口を開けて笑う。馬車の窓を開け、アリシアもマリオと談笑を楽しんだ。

マリオたちとともにラクシュマナフを出て六日目。馬車はもうフィレーニに入っている。

ゆったりと馬車に揺られながら、アリシアは時間を惜しんでマリオと他愛のない会話に興じた。

アリシアがマリオの娘でいられる時間は残り少ない。城に戻れば、アリシアはラクシュマナフの姫君として、マリオとはなんの関係もない振りをしなければならない。

騎士団にはかん口令が敷かれ、アリシアが騎士団に所属していた過去は抹消されることになった。騎士団として公式行事に参加する際は兜をかぶって行動していたので、国民たちの中にアリシアの顔を覚えている者はいないだろう。

遠くに城が見えてくると、自然とマリオの口数が減った。そろそろ親子らしい会話もおしまいだ。

青みを帯びた銀のドレスを身に纏ったアリシアは、兜で隠されがちなマリオの横顔に目を凝らす。

「これまでお父様に育てていただいて、本当に幸福でした。ありがとうございます」

「……私も、よい娘に恵まれて楽しい生活が送れたよ、アリシア」

これが最後になることを覚悟したのか、噛み締めるようにアリシアの名を呼んでマリオは馬の腹を蹴った。隊の先頭へ駆けていくその背に、アリシアは深く頭を下げる。

様々なものに別れを告げ、アリシアは城下町へ入る。

騎士団の隊長としての立場や、小隊の隊員や、育ての親のマリオ。

いくらか感傷に浸りかけたアリシアだったが、城下町へ入った途端そんな想いも吹き飛んだ。沿道が、帝国の姫君を一目見ようという群衆でごった返していたからだ。

人々は好奇心で瞳を輝かせ、なんとか馬車の中を覗き込もうと必死だ。アリシアと目でも合おうものなら、全身で歓迎の意を示すように両手を振る。

（——全員私を見ているのか）

つい先日までこの国の民として暮らしていた自分が、こんなふうに人々の注目を集めることになろうとは。今さらながら生活が一変してしまったことを再認識して、アリシアは気を引き締める。

そうでなくとも、城が近づくにつれアリシアの手元はそわそわと落ち着かなくなる。心拍数が上昇していくのも宥められない。

リチャードと会うのは二ヶ月ぶりだ。どうしたって緊張する。

馬車が城門を潜り、城内に入った。市民の視線からは解放されたが、緊張はいや増すばかりだ。

アリシアは結い上げた髪を落ち着かなく撫でつける。リチャードとはどこで再会することになるのだろう。謁見の間か、客間か、それともリチャードの私室に直接呼ばれるのか。

そんなことを考えていたら馬車が止まり、アリシアはもう何度目になるかわからない深呼吸をしてから立ち上がった。

ようやく慣れてきた踵の高い靴で馬車のステップに足をかける。先に降りた御者が手を貸してくれるだろうと外に向かって指を伸ばしたアリシアは、その先にいた人物を見て目を見開いた。

空中で中途半端に止まっていたアリシアの手が下からすくい取られる。そのままアリシアの手を引き寄せて指先にキスをしたのは、謁見の間にでも控えているだろうと思い込んでいたリチャードだ。

アリシアの指先に唇を押し当てたまま、リチャードが目だけ上げてこちらを見る。黒真珠のような光沢を放つ瞳や、人懐っこい表情はそのままだったが、銀糸で豪奢な刺繡を施された黒のダブレットを隙なく着込んだその姿は、すでに王の風格を纏い始めているようだった。

「ようやく到着だ。たった二ヶ月なのに、もう十年も待った気がする」

アリシアの指先から唇を離し、リチャードは万感の思いを込めた声で言う。

まだ心の準備ができていなかったアリシアが絶句しているうちに、指先を優しく引かれてステップを下ろされた。地面に足を下ろすなり、リチャードに強く抱き寄せられる。

「お、王子、いえ、国王になられたのでしたか……っ」

「王子でも国王でもなく、リチャードだ」

周囲の目など気にする様子もなく、リチャードはアリシアの首筋に顔を埋めて囁く。

「本当に、こんなに長い二ヶ月はなかった。よく来たね。白バラの騎士、幸運の女神、俺の花嫁」

「ど……どれだけ私に別名をくださるつもりです」

腰が反り返るほど強く抱きしめられ、アリシアは気恥ずかしさに顔を赤らめる。アリシアも抱き返したいところだが、周囲の目が気になって動けない。そんなアリシアの心情を汲んだのか、御者と警護の者は気を利かせてその場から離れていった。

最後にマリオが振り返り、一瞬だけ娘を取られた父親の顔を見せてから一礼する。遠ざかる蹄の音に耳を傾け、アリシアは小さな溜息をついた。

「あとで騎士団長に苦言を呈されても知りませんよ」

「二ヶ月も君に会わずに堪えたんだから、今だけ許してくれ」

言いながら、リチャードはアリシアの首筋に鼻先を擦り寄せる。

新王の手腕は凄まじい、と巷では噂になっているはずだが、これではただの大きな犬だと苦笑を漏らし、アリシアはそろりとリチャードの背に腕を回した。

「私も、人生で一番長い二ヶ月でした……リチャード様」

一拍の間を置いてから、アリシアを抱くリチャードの腕に力がこもる。耳の裏で、ふふ、とリチャードが柔らかく笑った。

「嬉しいことを言ってくれる。二ヶ月も離れてたから？」

「そうですね。私も淋しかったので」

「前触れもなくそういう可愛いことを言うと、初日から抱き壊すよ……？」

アリシアにしか聞こえないほどの声量で、熱っぽくリチャードが囁く。

呆れるより嬉しい。恥ずかしいより期待してしまう。甘酸っぱい気持ちが胸に広がり、アリシアはリチャードの胸に顔を埋めて笑った。

「望むところです。三日三晩、おつき合いしますよ」

予想外の返答だったのか、アリシアを抱くリチャードの腕が微かに硬直した。体が離れ、驚きの表情を浮かべたリチャードに顔を覗き込まれる。だがそのときはもうアリシアはいつもの無表情で、直前の言葉の真意を相手に悟らせない。

リチャードは何か言いたげに口を動かし、思い直したのか目元を手で押さえて天を仰いだ。

「……ちょっと見ない間にまた手ごわくなったね。さすが白バラの騎士……」

「その名はもう捨てました。そもそも受け入れた覚えもないのですが……。ともかくその呼び方はやめてください、これ以上妙な別名が増えるのはご免こうむります」

アリシアがきっぱりと告げると、リチャードは掌の下で眉を上げた。

「君の気持ちもわかるけど……多分また別の呼び名が増えると思うよ？」

何やら含みのある言い方をして、リチャードはアリシアの肩を抱く。ようやく城の中へと足を向けたリチャードに、どういう意味だと視線で尋ねてみても「すぐにわかるよ」と笑っただけで答えてくれなかった。

「まずは部屋で休んでくれ。そうしたら夕食だ。そうだ。旅の途中、君にドレスをプレゼントするって話したの覚えてるかい？」

赤い絨毯の敷かれたホールを歩きながらリチャードが尋ねてくる。

前王の頃はどことなく退廃的な雰囲気が漂っていた城内は、空気まで一新されているようだ。すれ違う衛兵たちもリチャードに深々と頭を下げ、誰も新王を侮っている様子はない。己の身を守るため敢えて自身に貼った馬鹿王子のレッテルを、この短期間で自ら綺麗に剥がしたらしいリチャードにアリシアは人知れず感心する。

清々《すがすが》しい城内の様子に見入ってしまい、わずかに遅れてアリシアは頷く。

「覚えています。本当にくださるつもりですか」

「そりゃ、これからはずっとドレスで生活することになるしね。まずは飛び切りの一枚を用意しておいたよ。あまりフリルやリボンがついていない、すとんとしたスカートがいいんだろう？　あとは袖があって、胸元が開いていて、背中はあまり開いていない」

「……よく覚えていますね」

「それはもちろん、君のことだから」

口が上手いのも相変わらずか、と思いつつ掃除の行き届いた天井を見上げていると、視界にひょいとリチャードの顔が割り込んできた。

「色は白がいいんだよね？」

「そうで……す、ね」

言いながら、色のことまで言ったろうかとぼんやり思った。

旅の途中もとっさに白、と答えかけ、それではまるで婚礼衣装のようではないかとやめたような。

段々と記憶が蘇ってきてハッとした顔をするアリシアを、リチャードが楽しげな目で見ている。己の失言に気づいて唇を引き結ぶアリシアの目を覗き込み、リチャードはしたり顔で笑った。

「やっぱりあのときから、ドレスの色は白がよかった？」

「いいえ！　そんなことは！　一言も！」

「顔が赤いよ、アリシア」

全力で否定しようとしたら、強く抱きしめられて柱の陰に引き込まれた。

「ひ……っ、人が来ます！」

「いいじゃないか、もうすぐ夫婦になるんだし」

「そういう問題では――」

アリシアを抱いたまま、しー、とリチャードが吐息だけで囁く。唇に息が触れてうっかり言葉を切ったら、狙ったように唇を奪われた。

「……っん」

唇を咬《か》み合わせるような深いキスにアリシアは喉を鳴らす。強く腰を抱き寄せられて、これまで必死で繕ってきたものが総崩れしそうになった。

会いたかった、淋しかった、もっと近くに来て欲しいと、言葉にもできない想いが溢れてしまいそうになる。

唇の表面を舌先でなぞられ、アリシアは微かな吐息をつく。押し返そうとリチャードの胸についた手は、意に反して服を握り締め離さない。

やめなければ、と思うのに体が動かない。リチャードの体温を感じてしまったら抵抗することが難しくなった。唇の隙間を舌が辿り、あっけなくそこを開いてしまったアリシアは、それをごまかすように無理やり言葉を紡ぐ。

「国交、断絶しますよ……」

「……初々しい花嫁とは思えない脅し文句だね」

予想しなかった反撃に面食らった顔をしたリチャードは、アリシアの顔を覗き込むとすぐ相好を崩した。物騒なことを言うわりに、キスひとつでアリシアが頬を上気させていたからだろう。

リチャードは廊下の壁にアリシアの背中を押しつけたまま、赤く染まった頬をそっと撫でる。

「何はともあれ、無事に到着してくれてよかった。君がいない間は、本当に淋しかった」

リチャードはまだ甘ったるい笑みを浮かべている。いつまた唇を奪われても不思議ではな

い。ともかく一度部屋に戻らなければと、アリシアはヤケクソ気味にリチャードの意に沿う言葉を選ぶ。

「それは大変失礼いたしました。私もです、リチャード様」

「こっちは全力で甘い言葉を囁いてるのに、眉ひとつ動かさないのが君らしい。そんな君にどれだけ会いたかったか」

「私もです」

「眠れない夜を幾日も過ごした」

「私もです」

「愛してるよ、アリシア」

「……」

「私もです、とは、言ってくれないのかい？」

よほどアリシアが戻ってきて嬉しいのか、上機嫌でリチャードが尋ねてくる。アリシアはしばし口を噤み、ついとそっぽを向いた。

「それは、軽々しく口にする言葉ではないので……」

「だったらいつ言ってくれる？」

他愛のない睦言に、アリシアは本気で考え込む。結婚式で、とも思ったが、きっともっと早く言わされることになるだろう。

いや、言わされるのではなく、言わずにはいられなくなってしまうに違いない。

「……三日三晩の内には、言うと思います」

ぶっきらぼうな口調に反して、アリシアの頬がうっすらと赤くなる。

意地っ張りで口下手で、けれど初々しいアリシアの反応を見て、リチャードは眉尻を下げて笑った。

「俺は本当に、一生君に敵う気がしない」


その数日後、フィレーニでリチャードとアリシアの結婚式が執り行われた。

アリシアに用意されたのは、シンプルだが美しい純白のドレスだ。旅の途中、アリシアが所望したデザインがそのまま採用されている。

帝国からやってきた花嫁を一目見ようと、結婚式には国中の人々が集まった。

城のバルコニーにアリシアが立つなり、祝砲をかき消すほどのどよめきが起こったことはその後長くフィレーニ国民に語り継がれることになる。ドレスの白さに見劣りしない透き通る肌と、日差しに溶ける金の髪、その下から現れた涼しげなアリシアの美貌に、人々は感嘆の声を漏らした。

美しい帝国姫君はフィレーニ国民に熱烈に歓迎され、式の後しばらくはアリシアの話題でもちきりになった。真っ白なウェディングドレスに身を包み、ぴんと背筋を伸ばした姿はまるで凜と咲く一輪の花のようだったと人々は語り合い、誰からともなくアリシアを「白バラの花嫁」と呼ぶようになった。そしてそれは、あっという間に国中に定着する。

かつての白バラの騎士は白バラの花嫁となり、リチャードには未だに幸運の女神とも呼ばれている。

呼び名が増えるよ、と笑ったリチャードの予言が見事的中したことをアリシアが知るのは、もう少し後の話だ。

あとがき

こんにちは、阿部はるかです。

このたびは「白バラの騎士と花嫁」をお手にとってくださりありがとうございます。

今回は二冊目の著書となります。前回本が出たときは「いい経験させていただきました！」と清々しく叫んでこれっきりになると思っていたので、二冊目を書かせていただけて本当に嬉しいです。おそらく今回のお話も本になったら「思いがけず二回もいい経験させていただきました！」とやりきった顔で叫んでいると思います。

実は一冊目のネタ出し中、真っ先に思いついたのがこのお話だったのですが、ＴＬには奥ゆかしいお姫様が出てくるイメージがあったので、女騎士とか大丈夫かな……？と悩み自発的に没にした覚えがあります。そのまま日の目を見ることもなく脳内妄想図書館に所蔵されて終わりだと思っていたのですが、こうして活字になることもあるので日々妄想はしておくべきだな、と思った次第です。

ちなみに私は強がりで意地っ張りで、でもひっそりと乙女心を胸に抱いている女の子が大好物です。今回の主人公アリシアはまさに私の好みを全力投球したキャラクターになりました。そういうキャラクターに出会うといつも「誰かあの子を抱きしめてあげて！」と拳を振り回しているのですが、今回は自分が作者なのでその願いをリチャードにぶつけてみました。

このお話を読んでくださった皆様も同じように拳を振り上げ、「リチャードよくやった！」と快哉を叫んでくれたらいいなぁ、と思いながら書き上げました。少しでもお楽しみいただけたら、これ以上の幸いはありません。

そして今回イラストを担当してくださったＫＲＮ様。あの美麗なイラストが私の書いた文章につくのですか！　と執筆前から大興奮でしたが、いただいたラフも本当に美しくてどきどきしました。アリシアの美貌はもちろんのこと、リチャードの美形なのに曲者っぽさ漂う雰囲気がたまらなくいいです。本当にありがとうございました！

そして末尾になりますが、この本を手にとってくださった読者の皆様にも、心より感謝を申し上げます。どうか皆様にも、拳を振り上げていただけますように！

阿部はるか　拝

阿部はるか先生、KRN先生へのお便り、
本作品に関するご意見、ご感想などは
〒101-8405
東京都千代田区三崎町2-18-11
二見書房　ハニー文庫
「白バラの騎士と花嫁」係まで。

本作品は書き下ろしです

Honey Novel

白《しろ》バラの騎士《きし》と花嫁《はなよめ》

【著者】阿部《あべ》はるか

【発行所】株式会社二見書房
東京都千代田区三崎町2-18-11
電話　03（3515）2311［営業］
　　　03（3515）2314［編集］
振替　00170-4-2639
【印刷】株式会社堀内印刷所
【製本】ナショナル製本協同組合

落丁・乱丁本はお取り替えいたします。
定価は、カバーに表示してあります。

ISBN978-4-576-16077-1

http://honey.futami.co.jp/

阿部はるかの本

海賊船の人魚姫

イラスト=芦原モカ

薬草園で働くマリーは領主の娘に間違われ海賊の人質に。
寡黙だが船員の信頼も厚い船長のアレックスは不器用な優しさを向けてきて…。

甘くとろける蜜の恋☆濃蜜乙女レーベル
Honey Novel

白ヶ音 雪の本

溺愛殿下の密かな愉しみ

イラスト=KRN

花売り娘だったセラフィーナを助けたのは貴族軍人であるアストロード。
彼に惹かれていくも、アストロードが現王の弟と知って…。